Le cavalier blessé

DU MÊME AUTEUR

LA FUITE EN POLOGNE
roman, 1974 (Grasset)

LA BLESSURE DE GEORGES ASLO
roman, 1975 (Grasset)

LES FEUX DU POUVOIR
roman, 1977 (Grasset)

LE MYTHOMANE
roman, 1980 (Grasset)

AVANT-GUERRE
roman, 1983 (Grasset)

ILS ONT CHOISI LA NUIT
essai, 1985 (Grasset)

PRÉFACE AUX MÉMOIRES DU CARDINAL DE BERNIS
(Mercure de France)

Jean-Marie Rouart

Le cavalier blessé

Succès du Livre

Cette édition de *Le cavalier blessé*
est publiée par les Éditions de la Seine,
avec l'aimable autorisation des Éditions Bernard Grasset.

À ma mère.

Les amants de l'absolu ne rejettent ce qui est que par une croyance éperdue en ce qui n'est peut-être pas.

ARAGON.

Première partie

LE DISPARU

1

Après avoir passé la nuit chez Mlle Adrienne Rousselois, jeune actrice du Théâtre-Italien, Philippe de Bercheny rentre chez lui, à cheval, rue du Bac. « Pourquoi certaines femmes aiment-elles qu'on les frappe pendant l'amour? » Cette drôle de question qui flotte dans sa tête comme une ritournelle n'est bien sûr pas sans lien avec sa soirée. Elle ne le piquerait pas tant s'il ne se la posait aussi (surtout!) à propos d'une autre femme – une affaire bigrement plus grave – qui est le secret de sa vie. Certains hommes cachent ainsi une liaison insoupçonnée, condamnés à ne pouvoir se confier à personne. Cette femme, il n'y pense qu'avec un mélange de fascination et de dégoût, comme s'il s'agissait d'un entraînement dépravé, contre nature. Son humeur musarde ne s'y attarde pas et il revient à Mlle Adrienne Rousselois. Le soleil de juin donne au petit matin une allure pimpante. L'air a la saveur d'une pomme acide. Paris resplendit. Sous ce jeune soleil, la capitale semble frémir d'appétit à vivre. Les cloches sonnent avec allégresse. Une brise atlantique souffle sur la Seine. Les rues sont odorantes.

Philippe de Bercheny a pas mal bamboché et peu dormi : d'habitude sa complexion nerveuse exige son dû de sommeil, sauf en campagne, mais alors on s'adapte à tout. Combien de bouteilles de bourgogne a-t-il descendues? Les vapeurs dissipées, il n'éprouve aucune lourdeur, plutôt une surprenante fraîcheur d'esprit. Il baigne dans la sensation de bien-être que laissent les lendemains de bonne fortune, faite de vanité satisfaite, de romanesque et de reconnaissance pour la vie. Il regrette d'avoir abandonné de si bonne heure ce petit corps chaud aux fesses étonnamment froides sous la chemise de batiste. Il s'est privé des plaisirs d'une matinée paresseuse à se tenir bien emboîté contre lui pendant son sommeil, savourant son parfum, jouissant d'une manière plus désintéressée de ses appas. Des souvenirs de la nuit lui reviennent : une de ces fantaisies sensuelles qu'elle lui a imposées avec la détermination des amoureuses. Il sourit aux anges. Une particularité intime de son corps lui apparaît et le désir jette sur ses yeux un voile rouge.

La Seine étincelante glisse sous les arches du pont et pousse un air revigorant avec une pointe de remugle de vase. Quel bonheur de s'y plonger tout à l'heure. Dans l'eau comme dans l'amour, c'est son corps que l'on retrouve, plus beau, plus libre. Si la guerre éclate ce sera son dernier acompte de vacances. Philippe a promis à Henri, son cadet, jeune sous-préfet de Saumur, de l'accompagner se baigner au pied de la colline de Passy : une berge agréable, bruissante de peupliers, avec un ponton en bois d'où un batelier vous conduit en pleine eau. Après s'être séché sur l'herbe, on peut déguster quelques poissons grillés. Quand Henri lui a proposé cette excursion, Philippe a d'abord décliné l'offre à cause de l'heure matinale : sa soirée réservait des promesses qu'il ne voulait pas gâcher. Ce n'est que devant l'air abattu de son frère qu'il a fini par accepter. Il ne l'avait jamais vu avec cette mine sombre, tourmentée. Et ces baignades signifient tant de choses entre eux. Enfants, ils ont batifolé dans la Vézère, un affluent de la Dordogne, avec les paysans. Ils s'amusaient à remonter le courant rapide à un coude de la rivière. De vrais poissons. Ces souvenirs, on ne peut ni les confisquer ni les abolir. Aucune Révolution ne les leur arrachera. Philippe, qui n'est pas un nostalgique, aime ce souvenir ensoleillé de sa jeunesse. Son frère et lui ont cette drogue en commun : l'eau leur tient lieu de tous les remèdes, de tous les quinquinas. D'un mouvement du bassin, Philippe change d'allure et traverse le faubourg Saint-Germain au trot.

Rue du Bac, il pénètre dans la cour de l'hôtel. Les portes des écuries sont ouvertes; un tas de fumier chauffe au soleil et répand une odeur âcre. Philippe attache la bride de sa jument à un anneau. Il monte l'escalier quatre à quatre; ses éperons tintent sur les marches en pierre. L'appartement est sombre : le domestique n'a pas encore ouvert les persiennes. Il règne la quiétude du chez-soi si rassurante quand on mène la vie hasardeuse des camps. Philippe se dirige vers la chambre occupée par son frère. Il va le réveiller en fanfare : « Ah, tu veux un bain! » L'idée de lui verser un pichet d'eau sur le visage le traverse. Il la chasse avec agacement. La vie militaire vous a de ces raffinements...

La main sur la poignée de la porte, une impression funeste l'assaille. N'a-t-il pas manqué de sollicitude envers ce frère si douloureux? Dans la chambre son angoisse s'accroît. Il ne distingue aucune forme sur le lit. Il s'approche : personne! Le lit n'est pas défait. Pourquoi Henri n'a-t-il pas dormi ici? Où est-il?

2

On frappe à la porte de la chambre. La servante de l'auberge des Thermes Stanislas grommelle quelques mots dans son patois vosgien. Julie de Bercheny se lève. Elle n'a pas dormi, ou si peu, un sommeil bref à l'aube entrecoupé d'éclats d'effroi. Elle ouvre la fenêtre : la brume se dissipe sous le soleil; l'air frais des montagnes transporte un parfum de bruyère qui se mêle à un fort relent de lait sur. Ce geste qu'elle a répété chaque matin pendant un mois, et qui lui procurait l'ivresse d'embrasser un paysage revigorant, elle n'en attend aucun plaisir : si seulement l'air matinal pouvait chasser les angoisses et les pensées ressassées de la nuit! Depuis trois jours, une boule lui pèse sur l'estomac. Ce séjour à Plombières, si plaisant dans ses débuts, lui est devenu insupportable. La cure pourtant lui a été bénéfique : elle ne souffre plus du rhumatisme qui lui vrillait le haut du dos. Elle a aimé ce mois passé seule avec son fils, réglé par les menues contraintes du thermalisme, sa société à la fois provinciale et cosmopolite, futile au-delà de l'imaginable, qui s'étiole en de fades et délicieux passe-temps. Elle a traduit un court roman de Richardson, *John and Clara*. Un vieux prince romain enseveli sous la poudre lui a fait une cour surannée. Elle s'est promenée longuement dans les épaisses forêts de châtaigniers, buvant l'eau des sources dans le creux de sa main. Une apoplectique baronne viennoise, toute bruissante de soie et de rubans, s'est entichée d'elle et l'a accablée de confidences puis de conseils, se moquant de sa conduite en apparence si sage, elle qui se flattait d'avoir eu dans son âge d'or au moins un amant dans chaque station thermale : *Kurschatten*, « les ombres de la cure ». Jamais son existence ne lui a paru aussi hors du temps : comme si elle avait pénétré sur la scène d'un petit théâtre où se jouait une pièce irréelle, dans un décor bucolique, une vie protégée, purgée de drames, d'intérêts, de violence, de passion.

Le charme est rompu. Maintenant elle voudrait déjà se trouver à des centaines de lieues d'ici pour effacer de sa mémoire les images qui l'obsèdent. Comme si soudain la foudre était tombée sur une fête, assombrissant le ciel, ravageant tout sur son passage. Dans son trouble, seule la perspective de son départ lui apporte un soulagement. C'est la première fois qu'elle prend conscience qu'être femme comporte des contraintes pesantes. Jamais ses actes ne lui ont paru aussi lourds de conséquences. Et elle n'a jamais souhaité que vivre et agir comme une jeune fille, dans la légèreté et la liberté du rêve, dans son évanescence et son impunité. Elle ne se sent pas plus responsable de cette tempête qui passe sur elle que d'un accident. Elle s'étonne que son existence jusque-là si paisible ait pu receler de telles forces secrètes. Elle ne cesse de repenser à cette nuit hallucinée. L'avenir soudain l'effraie mais au fond de son angoisse brille une petite lumière : elle ne peut s'empêcher de se passionner pour les voies nouvelles qui vont s'ouvrir à elle, dussent-elles passer par son malheur. Elle voudrait rester maîtresse de ce qui va advenir. Pourtant le désordre nouveau qui bouleverse sa vie jusque-là si paisible la fascine. Elle sent que les règles morales et sociales qui ont dicté sa conduite ne lui serviront à rien. Il faut obéir à un autre pilote : savoir non plus ce qu'on doit aux autres, mais ce qu'on se doit à soi-même. C'est la fin d'une existence modèle : mariée à Henri de

Bercheny, sous-préfet de Saumur, elle imagine déjà l'émoi de cette ville si cancanière.

Julie s'observe avec avidité dans un miroir comme pour reprendre pied sur un terrain solide. L'insomnie, l'angoisse ont tiré ses traits. Son visage lumineux est creusé par des ombres. L'impatience accroît son désarroi : ces trois jours de voyage en diligence lui paraissent une éternité. Si au moins dans les cahots, le grincement des essieux, je ne sais quelle promiscuité suante et ronflante, on pouvait cesser de penser. Paris lui apparaît comme la fin de son calvaire, le butoir où s'arrêtera enfin son imagination errante.

Elle doit réveiller son monde. Dans la chambre voisine le petit Charles dort. Un angelot rose : sa chemise relevée, les bras en croix, la bouche aux lèvres charnues grande ouverte comme si l'air lui manquait. Son sommeil paisible rassure Julie. Cette nuit, elle a rêvé qu'il était mort, qu'elle l'avait tué. Elle le réveille avec douceur. Les yeux à peine ouverts, il réclame le petit chat qu'il a adopté. Mariette, la bonne, une fille de la campagne aux yeux globuleux, se met à quatre pattes et farfouille sous les lits. On retrouve le chaton. Julie inspecte les bagages avec nervosité pendant que Mariette habille Charles, qui ne veut plus lâcher son chat. Julie les houspille : on est en retard ! Comme si la diligence allait partir sans *ses Parisiens* ! Elle jette les pourboires et expédie les adieux. Bientôt la troupe des voyageurs suivie par les servantes de l'auberge suant sous les malles se tord les pieds sur les gros pavés de la ruelle qui mène place Stanislas. Charles étouffe le chat dans ses bras. Soudain il s'échappe et se réfugie dans un soupirail. Cris, pleurs. Sans pitié, Julie emporte son fils qui se débat.

Sur la place, le cocher, la bedaine proéminente, la lippe renfrognée, examine d'un air de propriétaire ses pratiques indisciplinées tout en se grattant le dos avec le manche de son fouet.

3

Le soleil qui peu à peu envahit la chambre joue avec les dorures et les pierres incrustées du sabre arabe suspendu à la fenêtre. La sabretache du 52e de chasseurs à cheval se balance dans le courant d'air. Sur la table, un chapeau de feutre noir à cocarde, surmonté d'une flamme aurore, domine avec un sombre dédain les reliefs du repas. Une écritoire rustique maculée d'encre et de cire s'est repliée sur le maigre territoire qui lui reste. Un habit de drap qu'on devine vert sous la poussière et un pantalon *hongroise* tout aussi malmené reposent sur une chaise en paille. Les bottes à la hussarde, plissées sur le devant, moulées dans la boue séchée, ont voltigé au hasard sur le plancher. Sur le lit, un gaillard, allongé sur le ventre, dort sans s'émouvoir du charivari dominé par d'acides détonations métalliques qui monte de la cour de l'auberge où le maréchal-ferrant est à l'œuvre. Ses pieds, couverts de bas d'un blanc douteux marbré de taches brunes, dépassent d'une méchante couverture grise. Le front appuyé sur son portemanteau en guise d'oreiller, la nuque dégagée par une queue de cheveux châtains liée par des rubans noirs, une plaie d'un bon pouce, violacée, suintante, lui biffe la pommette droite. Deux fossettes sur les joues font assez farce chez ce pandour : on dirait un pied de nez de la nature à la rudesse de l'état militaire.

Ce grand corps, écrasé de fatigue, émet une plainte gutturale. Un frisson lui parcourt l'échine. Le capitaine Antoine Reisset, dit « Tony », rêve. Personne à l'auberge du Gros Caillou n'ose le réveiller. Il inspire une frousse bleue, ce capitaine de chasseurs à cheval apparu à la pointe de l'aube à Lusigny comme une statue de poussière chevauchant un cheval écumant, tout aussi sale et fourbu que lui. A peine le pied à terre, il s'est mis à vaciller comme s'il allait s'effondrer dans la cour au beau milieu de la volaille.

D'une voix cassée, il a demandé une chambre. Au bas de l'escalier, la main sur la rampe, il s'est arrêté un instant comme s'il craignait de n'avoir pas la force de le gravir seul. Il a tourné vers l'aubergiste un regard fiévreux, plein de fureur contenue, qui rendait son allure encore plus inquiétante.

« Plombières, c'est encore loin?

– Je crois bien! Vingt bonnes lieues au moins.

– Ah! Portez-moi de quoi manger, je vais dormir un peu. »

Grimaçant sous l'effort, il s'est hissé jusqu'à sa chambre. L'escalier en sapin a gémi et tremblé sous son poids.

Ces quelques paroles ont suffi à exciter la curiosité de l'aubergiste. Il n'a d'abord vu en lui qu'un officier pressé de rejoindre son régiment sur le Rhin, voire au Piémont, ou alors en mission en Bavière. Mais à Plombières! On n'a pas idée de risquer ses os et sa santé pour rallier une ville d'eau!

Tony est familier de cette route d'Allemagne. Lieutenant du général Richepanse, il a gagné ses galons à Hohenlinden, à Lambach. C'est là, dans la Forêt-Noire, lors de la retraite de Moreau sur le Rhin, talonné par les hussards du prince Charles, qu'il a reçu son sabre d'honneur. Cette arme, récompense de sa bravoure, il ne l'échangerait pas contre cent mille livres de rente. La *Croix* toute neuve que l'Empereur lui a accrochée sur la poitrine, au camp de Boulogne, lui semble en comparaison une peccadille. Il ne l'a acceptée que sous la pression de ses camarades. Il répugne à ces momeries d'Ancien Régime, à ces cordons, à ces rubans qui puent leur ci-devant. Moreau est resté son dieu. Il ne pardonne pas à l'Empereur de l'avoir condamné à l'exil après un procès ignoble. Si la guerre avec l'Angleterre ne lui avait paru imminente, il aurait suivi son grand homme en Amérique, ou il se serait engagé comme mercenaire aux Indes. Cette fidélité à Moreau, il la paye cher. Il est persuadé qu'on le *barre* en haut lieu. Sinon il y a belle lurette qu'il serait déjà colonel ou général. Ces prétendues avanies de l'état-major aigrissent son caractère. Il finit par voir une cabale contre lui en chaque affectation. Sachant qu'il commence à avoir une sale réputation à l'armée, il ne rate pas une occasion de justifier la mauvaise opinion que l'on a de lui. Heureusement le général Lasalle veille au grain. Il l'a plus d'une fois sorti de situations pendables.

Tony apparaît en haut de l'escalier qui se met à trembler. Il le descend d'une démarche lasse et pesante, son portemanteau sur l'épaule. Quatre heures de sommeil n'ont pas réussi à effacer sa mauvaise mine : il semble encore plus pâle, les traits tirés. Dans la salle commune, il donne ses ordres et confie deux lettres à la femme de l'aubergiste. Debout, l'air pensif, il avale un bol de soupe et deux tranches de pain. Il se dirige vers la cour où le garçon d'écurie finit de seller son cheval. Il attache son portemanteau en clignant les yeux au soleil et vérifie avec l'index l'ajustement de la sangle. Bientôt le pas du cheval résonne dans la cour : un petit trot sur les pavés avant de s'envoler au galop sur la route d'Allemagne.

Trois heures plus tard, à deux lieues de la

sortie de Chaumont, traversant un bosquet de frênes qui casse la monotonie de la plaine crayeuse, il croise une diligence : d'instinct il ferme les yeux pour traverser le nuage de poussière. Dans la voiture, Julie de Bercheny, vaincue par la fatigue et les cahots, a glissé dans le sommeil.

4

Le dernier coup de midi sonne au clocher de Saint-Thomas-d'Aquin. Le fiacre du comte de Bercheny pénètre dans la cour du ministère de la Police. Le manque d'air, le soleil qui s'épanouit dans l'espace démuni d'arbres et de verdure donnent l'impression que les pierres sont chauffées à blanc. Sans attendre l'arrêt de sa voiture, le conseiller d'État saute sur le pavé. Il manque de se ficher par terre, se rétablit et s'avance à pas rapides vers la porte principale. C'est un petit sexagénaire agile et débonnaire dont l'expression préoccupée le vieillit et lui donne un air harassé. Son crâne dégarni, à demi couronné de cheveux blancs, est d'un rouge vif, comme brûlé. Un jeune attaché de cabinet à la tignasse rousse l'attend dans le vestibule et se précipite vers lui avec un excès de déférence et de gravité.

« Monsieur le conseiller d'État, le ministre est en retard.

– En retard! C'est fâcheux... A-t-on du nouveau, mon petit? demande le comte de Bercheny de sa voix sourde au débit rapide et bredouillant.

– Je ne crois pas mais...

– Où est le ministre, mon petit?

– Retenu aux Tuileries. Il va arriver.

– Et M. Lemarchand?

– Justement, il vous attend.

– Alors allons, mon petit. »

Les deux hommes gravissent l'escalier monumental. Au premier étage, la portière de cuir du directeur de la police s'ouvre aussitôt. M. Lemarchand, un coupe-papier en ivoire à la main, se lève avec empressement et présente les deux collaborateurs, grisâtres et muets, assis devant lui. Debout, il paraît gigantesque à côté du comte de Bercheny. Ses longs favoris épais et noirs, ses yeux profondément enfoncés dans leurs orbites lui donnent une expression à la fois bestiale et inquisitrice. Le soleil tombe dru sur les vitres. Une chaleur d'étuve règne dans le bureau qui sent le vieux carton et la poussière.

« Quelle affaire, monsieur le conseiller d'État, quelle affaire désolante! »

M. Lemarchand parle avec lenteur et componction, pris entre le désir de montrer son zèle, sa clairvoyance, de se donner l'air important, et la crainte de déplaire au ministre qui l'a chargé de faire patienter son visiteur en dévoilant les maigres présomptions du cabinet.

« La disparition de votre fils est inquiétante, il est cependant trop tôt pour dramatiser. On peut seulement s'alarmer. Ce n'est peut-être qu'un banal coup de tête d'ordre privé, sentimental... Que sais-je? »

Le directeur de la police, qui attend une réaction de son interlocuteur, tripote son coupe-papier d'un air ostensiblement embarrassé, comme s'il ne voulait pas être indiscret. N'obtenant aucune réponse, il poursuit son monologue d'une voix hésitante, redoutant de commettre un impair.

Le comte de Bercheny, perdu dans ses pensées, hoche la tête d'une manière dubitative. On le sent sur ses gardes, s'efforçant de dissimuler le mépris que lui inspire un homme dont ni la besogne ni le passé ne lui plaisent. Soudain il s'insurge comme s'il saisissait avec retard les propos de M. Lemarchand.

« Ça non, voyez-vous, je connais mon fils mieux que personne. C'est impossible, impossible...

– Je comprends votre émotion, mais c'est seulement une hypothèse, la moins probable je vous le concède. D'ailleurs le ministre a donné des instructions : toutes les portes de Paris sont surveillées. Le signalement de M. votre fils... »

M. Lemarchand s'interrompt, troublé : le comte de Bercheny a enfoui son visage dans ses mains comme pour dissimuler des sanglots.

C'est un geste habituel chez lui lorsqu'il réfléchit. Le directeur de la police, qui n'a plus devant lui qu'un crâne cramoisi, reprend d'une voix mal assurée :

« Le signalement de M. votre fils a été adressé aux préfets. Nous avons demandé des rapports circonstanciés sur tous les accidents de cheval et noyades sur les bords de Seine. Nous avons également envoyé un messager à Saumur dans le cas, hélas peu probable, où il aurait rejoint sa sous-préfecture à l'improviste. Dès que la réponse nous parviendra...

– Je ne comprends rien », marmonne le comte de Bercheny en découvrant son visage devenu aussi cramoisi que son crâne. Il renifle bruyamment, des larmes lui montent aux yeux. Le malaise s'amplifie.

« Monsieur le conseiller d'État, reprend M. Lemarchand d'un ton vigoureux et rassurant – il tapote de son coupe-papier d'ivoire le sous-main en cuir –, je suis père de famille moi aussi. Soyez assuré que le ministre et moi-même faisons tout ce qui est en notre pouvoir pour découvrir vite la vérité. Le plus vraisemblable, je ne veux pas vous le cacher, le ministre vous le dira lui-même, reste l'hypothèse d'un enlèvement. » M. Lemarchand pousse un soupir de dédain. « Le ministre n'a pas oublié l'affaire du sénateur de Ris. Les milieux royalistes sont toujours en effervescence. Ces gens-là ne se résignent pas... » Il rougit légèrement, craignant d'avoir choqué son interlocuteur. En effet le comte de Bercheny s'est raidi : bien qu'acquis aux idées nouvelles, à l'Empereur, ce modéré a en horreur le jacobinisme outrancier. M. Lemarchand tente d'adoucir son propos : « J'entends par là, bien sûr, les agitateurs, les ultras, ces têtes brûlées manipulées par les Anglais. Nous avons ordonné des perquisitions... »

Le comte de Bercheny s'absorbe dans la contemplation du soleil qui éclabousse les vitres. Il a trop chaud. Un sentiment de lassitude l'envahit. Il a envie de fuir ce bureau, les tracasseries administratives pour retrouver son fils qui lui paraît si proche : une impression douce, charnelle, comme s'il était près de lui et pouvait comme autrefois le prendre par l'épaule pour appuyer l'explication d'une version latine ou d'un thème grec. Henri demeure pour lui un garçon si clair, si simple, avec ses bons yeux de griffon, qu'il ne parvient pas à l'associer à cette trame embrouillée de complots, d'intrigues et de mystères. Il se sent le seul à même de trouver l'explication de sa disparition, mais elle lui échappe toujours. Philippe, son frère, s'est parfois mis dans des situations irrégulières, Henri jamais. Pourquoi le destin alors le frappe-t-il, lui? Soudain la sombre nuée des passions et des haines amoncelées pendant près de dix années resurgit. Il l'avait oubliée. La politique. Est-ce encore elle qui vient troubler la paix si chèrement acquise de sa vieillesse? Comme s'il n'avait pas déjà assez souffert, assez payé.

« Non, aucune piste, croyez-moi, ne peut être... » M. Lemarchand s'interrompt et pose son coupe-papier : la portière de son bureau vient de s'ouvrir devant le secrétaire du ministre qui lui fait un signe. Il se lève, une fugitive lueur d'anxiété dans le regard, le geste fébrile.

« Le ministre vient d'arriver. Je vous accompagne. »

Le comte de Bercheny est soulagé. Tant qu'à se commettre avec la police, il préfère s'entretenir avec son chef suprême plutôt qu'avec un sous-ordre. Une appréhension l'oppresse : cette affaire ne risque-t-elle pas de nuire à sa carrière? Faut-il demander au ministre de ne pas l'ébruiter? Quelle arme ce pourrait être contre lui au Conseil!

Ils sortent dans le couloir où circule un courant d'air frais. La porte capitonnée du ministre s'ouvre : le visage émacié et blême, les cheveux poudrés, Fouché apparaît au fond de l'immense pièce surdorée, assis à son vaste bureau, son long nez penché sur des papiers qu'il compulse avec nervosité.

5

Sur la dalle de marbre noir, éclairée par la lumière froide qui tombe des baies vitrées, le visage ressemble à un masque en plâtre sur lequel on aurait dessiné des cernes et des paupières mauves; un visage lisse, comme frotté à la pierre ponce pour en effacer toute expression. Les yeux fermés n'évoquent ni la douceur de la prière ni celle du sommeil mais la dureté d'une inexorable pétrification. De la grossière toile blanche qui enveloppe le corps dépassent deux pieds nus d'une étrange indécence. Des vêtements sont suspendus à une patère sur le mur chaulé. La salle, vaste et fraîche, sent la vase et la sciure.

Philippe de Bercheny ne peut détacher son regard du cadavre. Ce jeune mort le fascine. Ce n'est pas sa ressemblance avec son frère qui le trouble – le nez plus aquilin, les cheveux blonds, l'esquisse de moustache défendent la moindre hésitation –, mais une parenté intérieure avec Henri. Une impression indéfinissable, fruit de mystérieuses correspondances : un parfum de juvénilité, une mélodie d'abandon et de soumission, comme si, abordant à peine l'âge mûr, il avait été rejeté dans la jeunesse par la mort. Pourtant il y a belle lurette que les macchabées ne lui font plus ni chaud ni froid : éparpillés sur les champs de bataille d'Allemagne ou d'Italie, entassés dans les redoutes, débordant des caissons, mutilés, déchiquetés, sanglants, ils appartiennent au paysage banal de la guerre. Mais les corps de soldats sont dépourvus d'énigme. Ils n'inspirent pas cette sensation poignante, comme ce jeune mort, de s'être laissé déposséder sans révolte, avec un doux consentement.

« C'est la personne...? »

La voix du commis qui l'accompagne, un gros garçon, sanglé dans un tablier bleu, à l'air endormi et bonasse, interrompt ses réflexions. Philippe hoche la tête de manière négative.

Philippe fait quelques pas dans la salle et, par acquit de conscience, examine les autres cadavres. Il se fraie un passage à travers les grappes de badauds qui stationnent devant chaque corps, égrenant des commentaires, lançant parfois une plaisanterie. Au milieu de cette foule de provinciaux, d'étrangers en visite, d'habitants du quartier, l'air égaré, pâles, les yeux lourds d'anxiété, ceux qui cherchent un parent disparu. Une fillette de huit ans, agrippée à la jupe de sa gouvernante, ouvre de grands yeux avides. Trois jeunes médecins à l'allure germanique, pilotés par le directeur de la morgue, prennent des notes. On se croirait dans l'atelier d'un peintre à la mode : même clarté boréale, même effervescence jacassante et cette malsaine curiosité qui excite les badauds à l'idée de pouvoir se rincer l'œil, fût-ce avec le spectacle de la nudité d'un mort!

Deux brancardiers pénètrent dans la salle, transportant le corps d'un gros homme chauve au visage horriblement balafré; il a une plaie béante dans la gorge et la poitrine velue couverte de caillots de sang noir. Aussitôt la foule se précipite et fait cercle dans une bousculade fébrile.

Philippe se retrouve sur le quai du Marché-Neuf. L'air chaud, rafraîchi par la Seine, transporte des effluves de légumes et de fruits. La poussière, le bruit et l'animation du quai lui donnent l'impression de revenir, sali et désemparé, vers la vie. Junon, sa jument alezane, l'attend en mordillant son mors et en frottant sa croupe contre le mur. Il est exténué, accablé de dégoût. Il ne sait plus ce qu'il redoute le plus : savoir son frère mort ou retrouver son cadavre dans ce lieu maudit, avili, livré à l'insanité des regards, à cette foule malsaine. Humilié, le cœur débordant de rage, il s'approche de Junon, qui relève aussitôt la tête et tire sur sa bride. Sa présence le réconforte. Il lui caresse la croupe et pose son front un long moment contre son encolure à la puissante odeur de suint. Tous les sentiments qui l'assaillent, l'impuissance, l'angoisse, la solitude, la révolte, qui peut les comprendre? Lui-même serait bien incapable de les exprimer. Cette confusion douloureuse, il la sent partagée par cet animal dont le gros œil tiède et bon le fixe de biais avec compassion.

Il se hisse à cheval avec effort. Bientôt il traverse le pont Saint-Michel encombré de voitures, tourne à droite sur le quai des Grands-Augustins et s'arrête, perplexe : où aller? La disparition d'Henri a transformé en quelques heures sa vie en désert. Quel projet former? Lui qui, la veille, dévorait de si bon appétit chaque moment de son séjour à Paris, ne se sent plus le cœur à rien. Soudain, au milieu de toutes les idées tristes qui l'envahissent, un désir se fait jour, oppressant, avide comme une faim subite. Philippe revoit Mlle Adrienne Rousselois si pimpante dans sa folie fanfrelucheuse, entre cour et jardin, de la rue de la Chaussée-d'Antin. L'idée de renouer avec les fastes sensuels de la nuit le grise. Seuls les bras d'une femme pourraient freiner la mécanique infernale qui agite son cerveau, ce carrousel harassant d'incertitudes et de suppositions contradictoires. A deux doigts de céder à son impulsion, il se reprend : « Je ne peux pas prendre du bon temps alors que mon frère est peut-être mort. » Ce retour au sentiment du devoir lui rappelle son rendez-vous avec Lucie de Lussay. Cette visite, importante puisqu'elle a justifié sa venue à Paris, fixée depuis deux mois, reportée déjà une fois sous un mauvais prétexte, comment s'y soustraire? Elle lui apparaît comme une épreuve insurmontable. Pourtant il a aimé écrire des lettres à cette jeune fille et s'est plu à susciter chez elle un sentiment de moins en moins équivoque. L'idée de la revoir et d'en être aimé l'a souvent troublé. Et maintenant que cette perspective se concrétise, elle l'inquiète comme s'il soupçonnait un guet-apens.

Philippe fixe l'eau scintillante de la Seine qui baigne les fondations du bâtiment qu'il vient de quitter. Comme son indécision lui paraît dérisoire en face de la certitude qu'Henri est mort. Plus il observe la Seine et plus ce sentiment se fortifie. Jamais ce fleuve ne lui est apparu aussi lourd de menaces. Cette eau familière qui a toujours été pour lui une amie bienfaisante, que le matin même il associait à la liberté et au bonheur de vivre, lui semble contenir des forces sournoises et destructrices. Sous son apparence brillante, il imagine des gouffres sombres, des pièges dont parfois l'idée affole les nageurs lorsqu'ils sont caressés par les longues algues huileuses qui croisent dans la vase. Ce pouvoir néfaste, il le découvre avec un sentiment d'effroi comme une trahison. La pensée qu'il chasse sans cesse revient le harceler. Philippe éperonne sa jument avec une impulsion brutale pour qu'elle partage dans sa chair la souffrance qui le déchire.

6

De la fenêtre ouverte de sa chambre, Lucie de Lussay épie les bruits de la rue. Au pas d'un cheval, au grondement d'une voiture, elle tressaille. La sonnette grêle du portier a mis ses nerfs à l'épreuve. A chaque tintement, sa poitrine se serre, sa respiration se coupe, la sueur perle sur son front. Elle se dit : « C'est lui », et à cette idée, elle perd ses moyens : elle se raidit, ses membres ne lui obéissent plus, mille pensées contraires embarrassent son cerveau. Mais c'est à chaque fois une nouvelle déception : à croire que tous les fournisseurs se sont donné rendez-vous rue de Grenelle. Ce trouble qu'elle ne peut vaincre la désespère car elle a conscience de vivre un de ces moments cruciaux de l'existence qui exigent une parfaite maîtrise de soi, où un mot, un geste décide de toute la destinée. Elle craint de ne pas être à la hauteur et de gâcher par son comportement gauche la chance de toute une vie. Quoi d'étonnant à cela : d'une modestie maladive, elle appréhende les situations les plus anodines et a toujours peur de déplaire, oui, même à la modiste chez laquelle elle achète un chapeau, au mendiant à qui elle offre une obole.

Pourtant, en prévision de cette journée terrible, armée de résolutions, elle a eu recours à tous les artifices qu'emploient les timides pour vaincre leur mal : elle s'est appliquée à la désinvolture, à l'espièglerie, si aisées loin du danger. Mais elle a eu beau répéter son rôle, se griser de reparties fines, de saillies brillantes, de cet esprit qui fuse si bien dans le tête-à-tête avec soi-même, quand on n'en a nul besoin, et qui fait si lamentablement long feu en société, tous ces trésors personnels l'ont abandonnée par traîtrise à l'heure du rendez-vous, la laissant démunie, encombrée de sa personne qu'elle juge sans indulgence : une enveloppe grisâtre, un visage chiffonné par l'anxiété, des mains moites et tremblantes, des yeux d'une mobilité maladive, des discours confus desservis par une voix bredouillante : rien qui soit susceptible de séduire un homme, ni même de susciter sa pitié, tout pour provoquer sa fuite. Convaincue d'être un laideron, elle ne s'acharnerait pas et se laisserait épouser par le premier venu. Mais elle a conscience de sa valeur, de son charme secret, de la beauté et de la richesse de son paysage intérieur, auxquels il manque pour se révéler cette assurance lumineuse que seul dispense l'amour de celui qu'on aime. Mais comment resplendir à ses yeux sans cet amour?

Un autre mal ronge Lucie de Lussay. Elle est affligée d'une infirmité aussi cruelle que s'il lui manquait une oreille, pire, un bras, une jambe, et que ce membre absent fût l'objet de commentaires désobligeants, de sarcasmes : à vingt ans, elle n'est pas mariée. Rarement le célibat a obnubilé à ce point la tête d'une jeune fille. Une torture permanente. Pas une seconde sans qu'elle y songe, pas une remarque sans qu'elle y décèle une allusion à sa situation. Le mariage de ses amies lui est à chaque fois une offense. Le monde lui paraît se grossir à vue d'œil de ces bataillons de gens mariés, fiancés, en passe de l'être, exhibant tous sans vergogne leur bonheur, cette félicité ostentatoire qui accuse l'humiliation de sa solitude et de sa relégation.

Ce célibat qui la hante, il ne tient pourtant qu'à elle d'y mettre fin. Peu de jeunes filles peuvent se flatter de voir pulluler autour d'elles autant de prétendants. Si elle ne possédait de solides qualités, deux cent mille livres de rente lui en tiendraient lieu. Depuis que son beau-père, le banquier Michaud, l'a adoptée, sa fortune déjà importante s'est auréolée d'espérances considérables. Représenter l'un des *partis* les plus avantageux, loin de caresser son amour-propre, lui est une gêne; non qu'elle craigne de devenir la proie d'un coureur de dot : elle est si peu capable d'imaginer être aimée, même pour son argent, que cet inconvénient ne l'effleure pas. Elle ne suppose dans les hommages dont on l'entoure que la marque de la pitié qu'elle inspire. L'ensemble de sa situation de jeune fille en vue : sa position brillante, les apanages de sa fortune lui pèsent. Tous ces privilèges l'engoncent, lui donnent l'impression de ne pouvoir agir à sa guise, de refréner ses élans chaleureux vers des êtres auxquels elle aimerait témoigner sa sympathie si déjà la timidité ne cadenassait sa spontanéité. Son rêve serait d'être ignorée, sans réputation, sans importance, afin qu'on ne la juge plus sur des apparences qui l'encombrent mais sur elle-même.

Si cette idée du mariage la tourmente depuis longtemps, son obsession n'a fait que s'amplifier avec les rumeurs de guerre qui, depuis deux ans, alimentent les conversations. Elle sent sa tension intérieure croître à mesure que l'imminence du conflit avec l'Angleterre se précise : quel mari lui restera-t-il si tous les jeunes gens partent en campagne? Un infirme, un gringalet impropre au service, Dieu sait quel barbon perclus de rhumatismes? Surtout, la perspective d'être la seule à ne pas connaître les affres que toutes ses amies éprouveront pour un mari en péril lui est insupportable. Elle veut souffrir comme les autres, s'inquiéter, ne pas dormir, lire les bulletins dans les gazettes avec angoisse en se rongeant les ongles comme une quelconque lingère du faubourg Saint-Antoine. Va-t-elle rester à l'écart de ce grand frisson collectif? Ah ça non! Ce serait trop triste. Cette menace la glace, comme si la vie même la désertait.

Maintenant qu'elle s'est bien ravagé l'âme à coups de poignard, qu'elle s'est piétinée à satiété et qu'elle détient au moins une certitude, celle d'offrir la plus lamentable des figures, Lucie de Lussay se prend à espérer que la visite de Philippe n'aura pas lieu. Seul un sursis pour se ressaisir peut lui éviter le plus assuré des échecs. Le cartel Louis XV de la chambre, brillant de toute sa marqueterie, sonne sept heures avec une insupportable solennité. Chaque coup retentit en elle comme si le marteau frappait à même son cœur. « Il ne viendra plus. » Et comme pour confirmer cruellement cette pensée, la pendule du couloir, toujours en retard, tinte à son tour sur un ton allègre. Lucie de Lussay s'affole, la détresse qui la submerge bouleverse sa détermination. « Pourquoi n'est-il pas venu? Je dois le voir, ne serait-ce qu'un instant. » Ce désir l'empoigne avec violence. Elle a trop longtemps espéré sa visite, il faut qu'elle ait lieu. Dans son agitation, elle est prête à sacrifier son avenir pour un instant. « Mon Dieu, je vous en supplie, faites qu'il vienne. » Accablée, aucun raisonnement ne peut plus la secourir. Elle sent réapparaître en elle une petite fille sans défense, au bord des larmes. De tous ses rêves, il ne reste qu'un lambeau douloureux qui s'amenuise à mesure que l'heure du souper approche.

Pâle, hébétée, ayant épuisé jusqu'à la dernière seconde d'espoir, elle ajuste son *schall* de gaze noué en écharpe pour dissimuler une petite tache de vin qui afflige sa nuque, et se résout à descendre dans le salon. Sa mère, toujours exacte, attend dans le petit salon rouge, occupée à broder une tapisserie, une de ces interminables scènes bucoliques dont elle orne tant d'inutiles coussins. A la mine de sa fille, cette femme blonde, plus imposante que belle, fronce les sourcils. Elle n'a pas le temps de l'interroger que son mari, le banquier Michaud, déboule dans la pièce. Petit bonhomme roux, rond, volubile, qui ne passe nulle part inaperçu, il est bavard comme vingt gazettes (et beaucoup plus sûrement renseigné); vif, caustique, plus agité que chaleureux, s'intéressant à tout, il fait l'effet d'une boule d'intelligence, rebondissante, agile, virevoltante. Passant du coq à l'âne, de l'essentiel à la futilité, des grands desseins ourdis aux Tuileries aux petits riens cocasses et aux puérilités domestiques, il déverse dans la vie familiale le trop-plein de sa vitalité et de sa bonne humeur – disposition bienvenue dans ce salon décoré avec un faste si pesant qu'il est à périr d'ennui. Avec cela c'est une nature complexe, tourmentée par un physique qu'il juge ingrat, par d'éternelles revanches à prendre que ses succès, loin d'apaiser, exaspèrent, par des phobies étranges : ainsi il a la peur panique des chats. Il blanchit à leur vue, au bord de l'évanouissement, et n'hésite pas à quitter une maison où on lui impose leur présence. Son appréhension est telle que pour éviter de prononcer le mot *chat,* il ne le désigne que par un « mumm... mumm » accompagné d'une grimace. Lucie de Lussay éprouve pour lui une admiration à laquelle se mêle un sentiment d'effroi. Il juge en effet les êtres et les relations humaines à rebrousse-poil des conceptions d'une jeune fille du monde : non en les enveloppant d'un idéal humide et brumeux, mais en les observant avec ce regard froid et passionnément calculateur que donne la pratique des affaires quand elles n'enferment pas l'esprit dans une spécialité mais l'aiguisent et en font un instrument redoutable pour dépouiller les faux-semblants, tout ce falbala sentimental dont notre invincible naïveté pare la nudité trop crue des intérêts.

Le banquier Michaud plisse les yeux de cet air de dire : « Je vais vous en annoncer une bien bonne », expression qui n'indique que son excitation et ne préjuge jamais de la gravité ou de la futilité de l'information (cela peut être aussi bien « L'armée a franchi la Manche » que « Nous irons à l'Opéra demain »).

« Savez-vous la nouvelle, ma chère? Le jeune Bercheny a disparu. On craint le pire.

– Le hussard? demande d'un air intéressé la mère de Lucie qui a depuis longtemps pénétré les projets de sa fille.

– Non, l'autre, le sous-préfet.

– Ah, pauvres gens! Comme s'ils n'avaient pas déjà assez souffert. Et que sait-on au juste?

– Rien, ma chère, absolument rien. On n'y voit goutte. »

Lucie de Lussay, à cette nouvelle, se ranime, mieux que sous l'effet d'un cordial. Un sentiment de bien-être se répand en elle, comme si soudain, après avoir erré dans le brouillard, le soleil ouvrait un chemin clair et simple. « Voilà pourquoi il n'a pu venir. » Avec cet égoïsme des amoureux qui font si facilement abstraction de tout ce qui est étranger à leur amour, elle ne retient de cet événement que ce qui sert sa passion. « Il reviendra. Il va avoir besoin de moi. Je le consolerai. » Son imagination se met en branle, la grande machine à brasser les chimères. Elle rêve à sa prochaine visite et reconstruit une image d'elle-même séduisante. Elle se met à croire ardemment à son bonheur tandis que sa mère et son beau-père commentent dans un piapia sonore le fait saillant de la journée qui, pour une fois, éclipse les sempiternelles supputations diplomatiques et militaires sur les chances de l'Empereur de mettre l'Angleterre à genoux. De la fenêtre ouverte de la salle à manger, pénètre du jardin une brise tiède chargée d'un parfum de lilas mêlé à celui du chèvrefeuille de l'Abbaye-aux-Bois, dont la cloche qui retentit dans le soir clair fait chorus avec les piaillements des moineaux dans les cerisiers. Tous les charmes de cette soirée d'été, Lucie de Lussay les savoure avec un sentiment d'allégresse comme une convalescente qui reviendrait à la vie.

7

La nuit s'épaissit peu à peu et se glisse dans l'interminable crépuscule des soirées de juin. Des agents du ministère de la Police rôdent aux alentours de la rue du Bac. Un détachement de gendarmes à cheval sillonne le quartier. Cela fait six jours qu'Henri a disparu. Comme chaque soir, Philippe de Bercheny est descendu souper chez son père au premier étage. L'effusion n'est pas leur genre. Après l'échange des maigres informations de la journée, le silence se referme sur leur gêne réciproque. Philippe ressent avec trop de violence que son père préférerait avoir Henri en face de lui, qu'il lui en veut d'avoir tiré le bon numéro, d'être vivant alors qu'Henri est peut-être mort. Il y a des préférences paternelles qui ne s'expliquent pas. On finit même par s'y habituer comme si elles allaient de soi. Cela n'empêche pas Philippe de compatir à la douleur de son père. Mais cette préférence filigranée dans la vie quotidienne, le malheur la projette en pleine lumière. Il manque une femme entre eux pour réunir leur douleur et donner à la tragédie qu'ils vivent une orchestration sentimentale : une femme qui pleure et que l'on console. La mère de Philippe remplissait ce rôle autrefois. C'est une des conséquences de ce drame de revivifier la douleur de son absence. Mais n'est-ce pas toujours ainsi : comme si le malheur était moins provoqué par une cause présente que par toutes les souffrances passées auxquelles l'occasion est offerte de se réveiller et de se condenser simultanément.

Sitôt sorti de table, le comte de Bercheny s'est installé devant le secrétaire du grand salon; chaussant ses petites lunettes de fer, il a plongé son crâne cramoisi dans ses dossiers. Mais il a beau tenter de s'appliquer de toutes ses forces au travail, il ne parvient pas à échapper aux obsessions qui l'assaillent. Tantôt, envahi par une souffrance qui lui enténèbre le cerveau, il serait près de crier de douleur. Tantôt, dès qu'elle relâche son emprise, des pensées triviales l'assiègent dont la médiocrité le blesse : Pourquoi Henri a-t-il disparu, et non Philippe? Pourquoi son fils préféré, le plus désarmé, le plus tendre, et non ce robuste porteur de sabre qui a choisi l'armée, donc le danger, donc la mort? Une autre idée l'accapare : l'influence fâcheuse que la disparition de son fils pourrait avoir sur sa carrière. Un scandale – et à coup sûr c'en sera un – n'a jamais consolidé une position politique. Il suppute ses chances et examine toutes les éventualités en commençant par celles qui, loin de le déconsidérer, augmenteraient sa faveur auprès de l'Empereur (un enlèvement par les ultras) jusqu'à celles qui nuiraient à sa réputation – l'obligeraient même à démissionner. Il a du mal à jauger le crédit dont il jouit : les propos lénifiants du ministre de la Police qu'il a revu ne lui ont fourni aucun indice. Le comte de Bercheny est désorienté comme un joueur dont les cartes sont soudain dispersées par une bourrasque imprévisible. Tout en réfléchissant aux incertitudes de sa situation avec cet opportunisme viscéral qui dans des époques troublées lui a sauvé la vie, il a des accès de larmes. Il renifle, se mouche et s'essuie les yeux avec un grand mouchoir.

Philippe n'ose quitter son père. Retiré dans un coin du salon, sous la méchante lumière d'un candélabre, il tente de se distraire de ses idées noires par la lecture de *la Vie des hommes illustres*. Il a pris dans la bibliothèque le volume *Thémistocle et Furius Camillus*. « La maifon dont eftoit Themiftocles n'a pas gueres aidé à fa gloire... » Il s'interrompt : non, il n'a pas la tête à lire. Pourtant, avec quelle fièvre autrefois il a dévoré ce livre jusqu'à ne plus manger ni dormir. « La maifon dont eftoit Themiftocles... » Il pose le volume sur ses genoux et contemple son père assis entre les hautes fenêtres conquises par la nuit claire. Philippe a pitié du vieil homme qui s'use les yeux au travail; sa souffrance muette l'émeut. Il pense aussi à lui-même, au temps qui lui est compté : si la guerre éclate demain, il n'aura pas beaucoup profité de ce séjour à Paris. Quelle déveine! Tout avait si bien commencé. La tentation de renouer avec les câlineries de Mlle Adrienne Rousselois le tracasse à nouveau. Dans une heure, lorsque son père se couchera, quel mal y aurait-il à aller rue de la Chaussée-d'Antin? N'a-t-il pas fait tout son devoir aujourd'hui? Pourtant la vivacité de sa sensualité, malgré les circonstances, l'irrite contre lui-même. Étrange comme ses visites à la morgue ont accru son désir d'étreindre un corps vivant! L'image de Lucie de Lussay lui effleure l'esprit sans provoquer la moindre émotion. Son incorrection de l'autre jour est sans importance : il rattrapera la jeune fille quand il voudra. La colossale fortune de Lucie flatte sa vanité : « Un autre à ma place... » Et Henri? Où diable est-il? La certitude de sa mort a du mal à s'installer en lui. Elle le révolte. Elle ne l'affligerait pas moins s'il ne l'avait jamais souhaitée. Des jalousies d'enfant, des rêves pleins de haine qui se dissipent aussi vite qu'ils sont nés et qui ne laissent qu'une cicatrice à peine sensible. Tout cela à cause d'une préférence injuste! Quelle bêtise en comparaison de cette chaleureuse fraternité des souvenirs! Il éprouve une sensation de froid comme si on plongeait son cœur dans l'eau glacée. Et que deviendra Julie?... Veuve... Soudain l'horrible pensée l'assiège avec tant de violence qu'il laisse choir le volume. Son père tourne vers lui un visage fâché. Voyant le livre malmené, il marmonne une remontrance et se replonge dans ses papiers. Philippe ressent avec désagrément un ridicule sentiment d'enfant coupable.

Philippe va ranger le volume dans la bibliothèque. Il s'approche du bureau et souhaite bonne nuit à son père qui lève vers lui des yeux égarés : « Bonne nuit, mon petit. Peut-être que demain... on ne sait jamais... il sera peut-être là. » Il renifle et pose son crâne cramoisi sur la hanche de Philippe. « Comme je souffre, mon petit, tu ne peux pas savoir comme je souffre. » Philippe s'écarte avec dégoût : il ne supporte plus cette atmosphère de drame. Il quitte la pièce, laissant son père interloqué.

Dans la rue du Bac déserte, il se ressaisit et respire à pleins poumons l'air tiède. Il a l'impression d'avoir la fièvre. Soudain, pris d'une lubie, il part en courant à la recherche d'un fiacre. Il n'a plus qu'une idée en tête : la rue de la Chaussée-d'Antin. Et cette inquiétude : sera-t-elle chez elle, pourra-t-il lui faire l'amour? Seule compte cette petite lumière vers laquelle il court dans la nuit.

Deuxième partie

L'HOMME EN FUITE

1

Dans la nuit fraîche et étoilée, Henri de Bercheny était le seul à ne pas dormir. Étendu sur son manteau, près du bivouac, la tête appuyée sur sa giberne en cuir, il jetait de temps à autre sur les braises des brindilles qui s'enflammaient, éclairant un bref instant les corps épars dans les hautes herbes sèches. Des clapotis montaient de la rivière en contrebas. Parfois un oiseau de nuit hululait et battait bruyamment des ailes. Alors certains dormeurs se retournaient avec une plainte sourde, faisant tinter leur bidon. Une odeur de luzerne se mêlait aux effluves de soupe refroidie.

Les braises chauffaient son visage et ses cuisses, mais le reste de son corps avait froid. Ses pieds entortillés dans des chiffons étaient endoloris. La fatigue écrasait son corps sur le sol inégal. Le sommeil ne venait pas. Il y aspirait de toutes ses forces, mais trop de pensées violentes s'agitaient en lui. Il n'obtiendrait qu'un léger assoupissement un peu avant l'aube, qu'interromprait la sonnerie glacée de la diane. Combien de journées de marche faudrait-il pour accéder à cet état d'épuisement hébété qu'il souhaitait? Ne plus penser, ne plus rêver, n'être qu'une brute qui marche le jour et s'abat la nuit. Depuis plus de trois mois, il s'obstinait à devenir un autre. Il avait disparu le 5 juin au soir et s'était enrôlé à Moulins dans cette brigade de dragons à pied sous le nom de Ponchot. Qui irait chercher sous ce patronyme plébéien et cette défroque de fantassin le jeune sous-préfet de Saumur?

Il observait la dégradation de son corps, meurtri, sale, sans aucune pitié, avec même un sentiment de satisfaction. La sueur séchée rendait sa chemise pareille à du carton. A la hauteur des aisselles, il s'en exhalait un fumet âcre, désagréable d'abord mais auquel il s'accoutumait; sur le haut de l'épaule, la bandoulière de cuir imprégnée de sueur laissait un arôme épicé et bestial qu'il humait avec plaisir.

La haine le dévorait. Sans répit, comme une fièvre, avec ses rémissions et ses délires. Il s'allongea sur le dos et fixa une étoile à l'extrémité septentrionale de la Grande Ourse qui brillait d'un éclat intense et intermittent. Mais les images revinrent, oppressantes. Il se retourna vers les braises. Les visions qui affluaient provoquaient une souffrance stridente. Sa main chercha son fusil dans l'herbe, effleura l'acier de la baïonnette et saisit la crosse. Il savait l'inanité de sa vieille impulsion d'en finir. Il ne pouvait se résoudre à se tuer. Ni par peur, ni par lâcheté : pour une autre raison qui lui tenait au ventre. Réduit à se contenter de caresser l'idée de sa mort, il y pensait avec ardeur. Il se plaisait à songer qu'au milieu de tant d'hommes qui traversaient la France en espérant sauver leur peau, lui, malheureux, insomniaque étendu dans une clairière de la Puisaye, n'avait d'autre but que de se la faire trouer à la première affaire. Cette perspective le soulageait. Il imaginait le soldat, jeune sans doute comme lui, qui l'ajusterait quelque part dans les forêts d'Allemagne ou lui planterait sa baïonnette en plein cœur. Cet ennemi dont les traits ne se dévoileraient qu'à l'instant fatal, il éprouvait pour lui une reconnaissance mêlée de tendresse.

Le visage de l'homme qu'il haïssait réapparut. Maintenant il distinguait ses yeux gris, ses fossettes, et un insupportable sourire de vainqueur. Il se sentait écrasé comme si son adversaire lui maintenait les épaules à terre et le fixait en se repaissant de son humiliation. Il croyait atteindre le degré ultime de la souffrance. Mais quand s'esquissa en surimpression l'image d'une femme, il éprouva un choc si violent qu'il eut l'impression qu'il criait. Ce cri restait dans sa gorge, s'enflait, l'étouffait, sans produire aucun son.

D'un geste, il plaqua sa main sur les braises. Tout son être se tendit. Il eut la sensation d'avoir saisi un bloc de glace. Une seconde se passa avant qu'il sentît le grésillement de la chair et l'odeur de viande grillée. Il retira sa main vivement. Un silence cotonneux emplissait sa tête. Il avait l'impression d'être aspiré par la nuit et les étoiles. Soudain, comme s'il s'éveillait, la folie de son geste et la folie de sa vie s'imposèrent à lui. La douleur s'emparait de sa main et s'amplifiait comme si des fourmis la rongeaient. Une brûlante envie de boire lui séchait la gorge. Il se leva avec peine et buta sur son fusil. Serrant son poignet avec force, il descendit vers la rivière. La pleine lune se reflétait dans l'eau sombre et huileuse. Toujours en tenant sa main, il s'allongea sur la berge. De sa main valide, il prit de l'eau et but goulûment : elle avait un goût de vase. Il recommença l'opération plusieurs fois sans être désaltéré. La douleur dans sa main brûlée devenait insupportable. Alors il plongea son bras tout entier dans la rivière et s'évanouit.

Quand il reprit peu à peu ses esprits, il lui sembla qu'on le secouait comme un prunier. Une voix martiale et obstinée gueulait : « Ponchot... Ponchot... Nom de Dieu! » En entendant ce nom absurde aux consonances pourtant familières, il se demanda dans sa demi-conscience si on s'adressait à lui ou à un autre.

2

Le jour se levait sur la mer qui apparaissait dans l'échancrure des falaises. Les mouettes s'ébrouaient dans l'air vif en poussant des cris aigres. Des feux signalaient le camp dont les baraques en planches, rectangulaires, parfaitement alignées, surgissaient peu à peu de l'ombre. Il régnait une animation inhabituelle depuis que les trompettes avaient sonné le boute-selle. Le camp si long à s'animer était parcouru de mouvements fébriles. Les cavaliers s'agitaient en tous sens, pliaient leurs portemanteaux dans le bruit sonore des bidons et le cliquetis des ardillons et des mors qui s'entrechoquaient. Les officiers braillaient des ordres d'une voix éraillée couverts par le long hennissement des chevaux qu'on sellait. Des relents d'ail, de café et de soupe se mêlaient à la puissante odeur de varech que la brise poussait de la grève dénudée par la marée basse.

Dès que le soleil parut, la ville de Boulogne sortit, toute blanche, de la brume d'été. Les rayons réveillaient la fantasia aux couleurs éclatantes des uniformes, scintillaient sur le fourreau des sabres et la plaque de cuivre des shakos. C'était un spectacle aussi bigarré qu'un parterre de fleurs disparates dont chaque tige aurait été un homme. Les cuirassiers du général de Hautpoul se formaient en ordre de marche sur leurs lourds chevaux, la poitrine étincelante comme une myriade de soleils d'argent.

A la tête de son escadron du 11e hussards, le capitaine Philippe de Bercheny guettait le signal du départ. L'attente lui était insupportable. Il lui semblait qu'il n'avait vécu que pour cet instant, que de toute sa vie il n'avait eu d'autre but que d'être ainsi, à cheval, dans le petit matin, au bord d'une grande aventure qui le faisait frissonner de joie. Comme tout le reste lui paraissait misérable, inexistant, en comparaison de cette puissante ivresse de l'avenir. Mais pourquoi ce retard s'interposait-il pour différer son bonheur? Il ne pouvait raisonner son impatience. Cela le rendait tendu, anxieux, comme si l'énorme machine militaire si bien huilée allait tomber en panne, le laissant à l'écart du grand mouvement qui s'esquissait. Son excitation depuis la veille était telle qu'il n'avait pas fermé l'œil de la nuit. Plusieurs fois il avait inspecté ses armes, défaisant et refaisant ses bagages pour s'assurer que rien ne lui manquait. Dans son agitation, il avait failli oublier sa belle paire de pistolets à silex de chez Boutet donnés à réviser : il avait couru chez l'armurier du camp et menacé son commis du pire traitement pour qu'il consentît à les lui restituer. Maintenant, bien droit sur sa selle, le regard fixe, Philippe s'appliquait, comme chacun de ses hussards, à offrir un visage impassible et morne qui ne pût rien trahir du bouillonnement qui l'agitait. Sensibles à la tension qui montait, les chevaux tapaient du pied sur le sol sablonneux.

Philippe scrutait avec hargne le train de prolonges d'artillerie et de caissons immobilisé sur la route, autour duquel s'affairait un groupe d'artilleurs. Son regard coulissa à gauche vers la mer grise où tant de fois son destin avait failli se jouer : il l'avait aimée tant qu'elle lui était apparue un théâtre de la guerre; il la quittait sans regret comme une vieille maîtresse sans avenir dont on a épuisé tous les charmes. Il se retourna : l'escadron aligné dans la lumière dorée, des dizaines de paires d'yeux brillaient sous les shakos d'un éclat intense.

Un capitaine de chasseurs qui était allé aux nouvelles s'approcha au galop de la tête de l'escadron. Il arrêtait son cheval à la hauteur de Philippe lorsqu'il le reconnut. Il le toisa avec une expression haineuse et, sans un mot, repartit au galop. Philippe demeura interdit. Ce geste de mépris l'humiliait d'autant plus qu'il avait eu tous les hommes pour témoins. Il n'en comprenait pas la raison. Cet officier ne lui était pas inconnu, mais où l'avait-il déjà rencontré? Il se souvenait seulement d'une impression désagréable.

Le train d'artillerie s'ébranla enfin dans un grincement d'essieux. Philippe fit un signe de la main. Au petit trot, l'escadron quitta le paysage des falaises, dépassa le convoi d'artillerie et prit la route de Saint-Omer.

L'agacement de Philippe se dissipa. Il laissait son corps tressauter au rythme du trot de Junon dont les allures étaient douces. Il s'installait dans un sentiment de bien-être qu'il devait au formidable pouvoir de distraction de la vie militaire. Ses inquiétudes privées évanouies à l'annonce des combats, il était comme un joueur à l'instant où l'on distribue les cartes, qui ne pense plus qu'à sa partie, suppute ses mises, s'inquiète de ses atouts, espère une belle main, oubliant qu'il a une famille, des devoirs, une maîtresse qui l'attend. Et sa partie à lui, c'était la guerre.

Depuis qu'il avait rejoint le camp de Boulogne, happé par les questions de service, il ne s'interrogeait plus sur la disparition de son frère. Henri était mort. Il feignait de croire que les circonstances de sa mort n'avaient aucune importance. Une position plus confortable : en se mentant ainsi à lui-même il évitait d'affronter des pensées désagréables. Il plaignait sa belle-sœur et son père qui s'accrochaient à leurs illusions et échafaudaient d'invraisemblables romans au gré des nouvelles les plus fantaisistes. Ces accès d'ivresse de l'espoir rendaient leurs lettres navrantes. Pour lui, jamais Henri n'avait été aussi présent. Son image, simplifiée par la mort, se résumait en une émotion qui impressionnait chaque instant de son existence. L'ombre de ce cadet fragile ne le quittait plus : présente dans le paysage d'étangs qu'il traversait, dans le vol des canards sauvages, dans les bosquets de peupliers qui frémissaient sous le vent, dans la texture même de son être, dans sa tension vers l'avenir. De tout ce qui les avait liés, il demeurait une nostalgie tendre. Le sentiment protecteur qu'il avait toujours éprouvé pour lui s'était inversé : Henri devenait une âme protectrice.

Le soleil maintenant tapait dur sur le bocage. Les cavaliers mangeaient de la poussière. La robe des chevaux luisait de sueur. Un village aux petites maisons de briques apparut. Philippe fit un signe de la main : l'escadron ralentit l'allure et prit le pas. Junon arracha d'un coup de dents une ramée de bouleau et se mit à la mâchonner. Une détente se produisit parmi les hussards. Ce départ pour la guerre prenait soudain une allure de promenade champêtre. Philippe eut une nouvelle bouffée de contrariété en repensant au capitaine de chasseurs. Il se souvint subitement de son nom : Antoine Reisset. Il l'avait connu l'année précédente, à Saumur, où il faisait le joli cœur. On l'appelait Tony. Un surnom ridicule.

3

Indifférent au brouhaha et à la bousculade des troupes qui se formaient en colonnes sur la grand-place de Strasbourg, Henri ne pouvait détacher ses yeux de la cathédrale de grès rouge qui s'élevait au-dessus de la masse grouillante des soldats. Jamais monument ne l'avait impressionné à ce point. L'immense flèche rose semblait soulevée de terre par une force invisible qui la maintenait dans le ciel plombé. Par quelle magie avait-elle pu imprimer à la pierre un tel élan? Depuis la veille où, dans le soleil couchant, elle lui était apparue au milieu d'un champ de houblon comme une énigmatique et radieuse tige rose, il n'avait eu de cesse de l'approcher. Dominant de sa splendeur tranquille les vagues humaines qui s'agglutinaient jusqu'à son parvis – tout le désordre d'une armée à laquelle on distribuait vivres et munitions –, elle paraissait contenir un principe de pureté hors de toute atteinte. Les hommes pourraient s'agiter, s'entre-tuer, souffrir, la clameur de leur détresse et de leur souffrance n'entamerait pas sa pérennité. Elle existait avant eux et leur survivrait.

En face d'elle, sur la vaste place, Henri sentait qu'il avait atteint un des sommets de sa vie. Pour la première fois depuis trois mois, il se hissait au-dessus des tourments qui l'assaillaient. Il se regardait de haut, tout comme cette cathédrale pouvait elle-même l'observer, petit homme misérable, crasseux, écrasé sous le poids de son fourniment. Il n'en revenait pas d'avoir tenu bon jusque-là. Pourquoi n'avait-il pas flanché comme tant d'autres qui s'effondraient sur les talus et qu'on relevait à coups de crosse et du plat des sabres? Le principe qui le maintenait debout malgré l'épuisement, la fièvre, les élancements de sa main brûlée était d'une essence aussi mystérieuse que celui qui dressait la flèche. Ce principe que rien ne pouvait entamer, il avait la conviction qu'il survivrait à sa mort prochaine, libre, désincarné, comme un léger souffle de brise.

Sa main brûlée le gênait en permanence. Enveloppée dans un pansement qui séparait chaque doigt, elle le rendait maladroit. Souvent il perdait l'équilibre comme si le centre de gravité de son corps s'était déplacé. Dans la journée, il ne souffrait plus guère sauf lorsqu'on le heurtait. Le soir, les élancements reprenaient. Une large cloque se formait sur sa paume au bord d'une plaie suintante, et de petites cloques à la jointure des doigts. Il renouvelait à chaque étape une application de pulpe de pomme de terre et de charpie enduite d'huile que lui avait fournie la vivandière qui approvisionnait la compagnie. Cet *accident* accroissait sa singularité parmi ses camarades. Souvent il surprenait des conversations animées qui cessaient à son approche. Au début, à cause de son mutisme, on se méfiait de lui. Maintenant il sentait dans certains regards cette morne perplexité des êtres frustes en face d'un comportement bizarre : ceux qui interprétaient son geste comme une tentative de mutilation ne comprenaient pas pourquoi il se soignait à la sauvette et refusait d'être conduit à l'ambulance. Le prévôt qui l'avait ranimé au bord de la rivière appartenait, lui, au clan de ceux qui l'observaient d'un œil compatissant, l'aidaient à ajuster son sac et lui prodiguaient des encouragements.

Enfin la troupe s'ébranla. Les colonnes traversèrent la ville aux ruelles étroites, sous les encorbellements des belles maisons à colombage, et défilèrent devant le palais des princes de Rohan construit dans la même pierre rose que la cathédrale. Du haut de leurs échelles, les ouvriers en blouse bleue qui ornaient la façade de guirlandes de fleurs pour l'arrivée de l'Empereur acclamèrent les soldats. Après avoir franchi l'Ill, on se dirigea vers le pont de Kehl.

Une heure plus tard le Rhin surgit. Devant l'immensité de ses flots gris, des exclamations fusèrent. La troupe ralentit comme si elle hésitait à traverser. Jamais fleuve n'avait paru si gigantesque, si majestueux : on distinguait à peine les peupliers sur l'autre rive. Il semblait sombre, effrayant, empreint de solennité, comme s'il séparait deux mondes. Dès que les souliers ferrés retentirent sur les travées du pont, un sentiment d'effroi étreignit les soldats : comme si soudain ils n'étaient plus que des enfants qu'on séparait de leurs parents, des paysages familiers, de la terre natale, pour les plonger dans un monde nocturne et barbare de forêts, d'où peut-être ils ne reviendraient plus. Face à l'angoisse, les soldats se livraient à des rodomontades et poussaient des cris guerriers. Les tambours battaient la marche et s'efforçaient d'imprimer à cet instant toute sa valeur symbolique. Bientôt le pont fut encombré. Des charrettes de fourrage bloquaient le passage. Des officiers d'état-major poussaient leurs chevaux dans la mêlée et essayaient de se frayer un chemin sous les quolibets. Les arches du pont vibraient. Le piétinement et la cohue devinrent tels qu'à force de jurons et de plaisanteries la solennité du lieu disparut : comme cela arrive si souvent à la guerre les petits ennuis distrayèrent de la grande menace.

Tout le temps que dura la traversée du pont, Henri garda les yeux fixés sur le Rhin : d'où venait que ses flots paraissaient si étrangers, si différents des eaux riantes de France où même les fleuves les plus puissants gardent des claires rivières qui les ont nourris un cours alerte et primesautier. Ce fleuve-là était sévère, lourd, comme grondant de forces obscures et de tumultes contenus. Chaque pas qui le rapprochait de l'autre rive retentissait en lui : désormais ses jours comme ses pas étaient comptés; là était la fin du voyage et l'oubli de tout. Quand ce visage cesserait-il enfin de le faire souffrir? Il se retourna : la flèche rose de la cathédrale lui apparut comme un adieu tendre et mélancolique. Il sentit naître un sentiment de pitié et de tendresse pour tous ceux qui l'avaient aimé. Maintenant il leur échappait pour toujours.

A la nuit tombée, lorsque la compagnie de dragons à pied fit halte dans un petit village près de Rastadt, il se rendit à l'auberge et se procura un nécessaire pour écrire. Là, debout, appuyé sur une futaille, dans la salle commune à l'air confiné et humide, il traça avec peine le nom de femme qui depuis si longtemps le blessait, et quelques mots. Il remit la lettre au vaguemestre et, soulagé, gagna la maison du boucher où était son cantonnement.

4

Ce matin-là, Julie était sortie tôt. Elle habitait avec son fils, rue du Petit-Vaugirard, le premier étage d'une maison blanche dont ses parents, les Dupin de Mareuil, occupaient le rez-de-chaussée ouvert sur le jardin des Sœurs visitandines. Lorsque, rentrant chez elle les bras chargés de paquets, l'esprit engourdi par le bruit et l'agitation des rues, elle vit son père dans le vestibule, au pied de l'escalier, qui l'attendait, elle eut un mouvement d'effroi : sa longue et maigre figure chevaline dont les yeux bleu clair baignaient d'ordinaire dans des pensées moroses exprimait un air de désolation harassée. Elle crut à un nouveau malheur. Elle pensa Henri mort ou son père ruiné. Cette dernière catastrophe lui parut la plus probable : le banquier Dupin de Mareuil, lié aux affaires du financier Ouvrard, annonçait chaque jour la déconfiture d'un confrère entraîné dans les spéculations hasardeuses de la Compagnie des négociants réunis. La banqueroute du banquier Récamier donnait la preuve que les fortunes les mieux gérées et les politiques financières les plus avisées n'étaient pas épargnées. Dupin de Mareuil vivait dans l'angoisse qu'une mauvaise nouvelle de Madrid ne lui portât le coup fatal.

Il s'avança vers elle et la prit par l'épaule.

« Ma pauvre enfant, il y a une lettre, dit-il, pathétique, une lettre de lui. »

Julie vacilla. Ce signe tant attendu maintenant lui paraissait irréel. Elle murmura : « D'Henri? »

Son père tira la lettre de sa redingote noire, la lui tendit et poussa un soupir.

Julie prit la lettre. D'abord elle n'osa y porter son regard, craignant qu'elle ne recelât une source d'émotion trop vive. Ses yeux s'emplirent de larmes dès qu'elle vit la suscription. L'écriture d'Henri, si familière, lui semblait aussi forte que sa présence. Elle avait reçu tant de lettres de lui où il exprimait une passion ardente, sans mesure, telle qu'aucun homme n'en éprouverait sans doute jamais pour elle ; un amour excessif, tyrannique, tel qu'elle ne savait plus parfois s'il la rassurait ou l'inquiétait. Elle les décachetait avec l'assurance désinvolte de qui se sait assuré d'être aimé et se laissait emporter par des torrents d'effusion et de serments. Ce qui la surprenait le plus dans l'amour fervent qu'il lui vouait et exigeait d'elle, c'était qu'il se manifestât depuis plus de huit années avec toujours autant de flamme, alors qu'elle-même sentait son ancienne passion s'assoupir dans le train-train de la vie conjugale. Pour la première fois depuis longtemps, elle appréhendait de lire une de ses lettres et de découvrir que ses sentiments avaient changé. Son amour pour lui à cet instant où elle craignait de le perdre n'avait jamais été aussi fort. Elle s'affolait à l'idée que quelques mots écrits sous l'emprise de l'emportement pussent décider si gravement de son destin. La multitude d'éventualités qui l'assaillaient depuis la disparition d'Henri se bousculaient dans son esprit avec incohérence. « Mon Dieu, je vous en supplie, épargnez-moi, murmura-t-elle, j'ai déjà été tellement punie. »

Son père en face d'elle s'impatientait sans savoir quelle attitude prendre. Il craignait que sa fille ne fût bouleversée par la lecture de cette lettre dont il était avide de connaître le contenu. En même temps, il ne voulait pas se montrer trop pressant, peur d'une réaction vive de sa fille, peut-être même d'une crise de nerfs, qui compromettrait fâcheusement la mission délicate dont sa femme l'avait chargé avec mille recommandations de prudence.

« Il faut la lire, ma pauvre enfant... Veux-tu que je te la lise? » demanda-t-il d'une voix plaintive comme s'il compatissait à la souffrance d'une malade.

Julie lui jeta un regard courroucé.

« Laissez-moi, laissez-moi seule, je vous en prie! »

M. Dupin de Mareuil, déconfit, demeura les bras ballants et battit en retraite jusqu'à la porte du salon où il observa la situation à distance.

Dans son désespoir, Julie fut prise d'un mouvement de rage. Elle s'élança dans l'escalier qui menait à son appartement, claqua la porte de sa chambre et s'enferma à clé. Elle ne voulait aucun témoin à sa souffrance. Elle s'agenouilla devant son lit et décacheta la lettre avec vivacité. Elle sentait le sang battre à ses tempes et comme une immobilité silencieuse du temps. Elle atteignait un tel état de tension nerveuse qu'elle craignit pour son esprit : le choc ne l'ébranlerait-il pas pour toujours? Elle qui ne concevait d'autre souffrance que celle de n'être pas aimée appréhendait que la frappât celui qui lui avait donné les preuves les plus folles de son amour. Cela lui apparaissait comme une monstrueuse injustice. Après avoir été adorée, connaîtrait-elle l'autre versant de la passion, celui où l'on souffre et se torture sans fin? D'avance elle se rebellait. Pourquoi à vingt-cinq ans le paysage de sa vie changerait-il si cruellement? Elle avait jusqu'à présent reçu tous les sentiments qui affluaient vers elle, de ses parents, de son mari, des hommes qu'elle côtoyait, comme une simple justice. Ils ne la grisaient pas. Ils constituaient les particules d'une lumière aussi nécessaire à son être que l'air qu'elle respirait. Et parce qu'une seule de ces affections allait lui manquer, il lui semblait qu'elle perdait tout. L'idée même d'inspirer une autre passion, de recevoir des hommages, à quoi elle n'avait pas été insensible, qu'elle avait même encouragés quand l'amour d'Henri la rassurait, ne lui donnait que du dégoût.

Elle déplia la feuille d'un papier grossier et lut :

FRIENDSHIP, ESTEEM AND ETERNAL LOVE

Les larmes inondèrent son visage. Elle fut secouée de sanglots. Il lui semblait que tout ce qui était fragile et tendre en elle remontait à la surface de sa peau et s'écoulait en larmes. La souffrance creusait au plus sensible d'elle-même, retrouvant l'enfant qu'elle avait été. Brisée, elle hoquetait sur la courtepointe. Ce vers de Richardson signifiait tant de complicité entre elle et Henri : c'était le porte-bonheur de leur amour de jeunesse. Elle l'avait fait graver sur un cachet qu'elle lui avait offert. Entre ce souvenir d'un si parfait bonheur et son malheur présent il y avait un tel abîme que Julie poussa un cri de douleur. Elle planta ses ongles dans son sein à travers l'étoffe de sa robe jusqu'à ce que la souffrance devînt insupportable. Alors elle relâcha prise et demeura hébétée, le regard fixé sur l'appui de la fenêtre où une mésange picorait le lierre.

5

La pluie avait enfin cessé. Profitant d'une belle éclaircie, la compagnie de dragons à pied avait cassé la croûte à l'orée d'un bosquet de sapins. Il suffit parfois d'un rayon de soleil pour rendre la vie plus douce. Les hommes se remettaient en marche sans entrain, bougonnant à l'idée de rejoindre la route d'Ulm, boueuse et détrempée, alors que leurs capotes n'avaient pas fini de sécher. A la suite du porte-aigle, la colonne traînait les pieds en traversant la prairie humide et ensoleillée. Henri porta vivement sa main brûlée au côté gauche et pesta : il avait laissé son sabre accroché à la branche d'un sapin. Il quitta la colonne et courut la bonne centaine de mètres qui le séparait du petit bois. Il retrouva son sabre suspendu au-dessus de la souche sur laquelle il s'était assis. La pluie en s'égouttant avait trempé le fourreau. Occupé à ceindre son baudrier – opération que sa main invalide rendait malaisée –, il perçut un grondement, une vibration du sol puis des cris. Il crut à un tremblement de terre. Au même instant, il vit la colonne se disloquer en désordre tandis que le porte-aigle faisait volte-face. Henri pensa à ces mouvements de panique qui saisissaient parfois les troupes à la moindre alerte. Les soldats affolés s'agglutinaient, formant un magma d'uniformes bleus hérissés de baïonnettes qui scintillaient. Henri stupéfait sentit qu'il se passait un événement grave dont la cause lui échappait. Enfin il entendit les ordres gueulés par les lieutenants : « En carré, nom de Dieu, en carré, serrez les rangs! », et il vit surgir dans la prairie, magnifique et irréel, un détachement de cavaliers au galop : les uhlans de Merveldt, reconnaissables à leurs lances et à leurs éclatantes chapkas jonquille. La masse des chevaux et de leurs cavaliers aux uniformes vert et rouge avançait à une allure impressionnante sur le carré qui se formait avec difficulté.

Pendant quelques secondes, Henri fut désemparé. Le soldat qu'il était devenu, habitué à obéir aux ordres, ne savait plus quel parti prendre. Sans doute devait-il rejoindre ses camarades, mais même s'il courait vite il serait fauché par la charge avant d'atteindre le carré. Il se contenta d'avancer de quelques pas à découvert comme pour dire à ceux qui allaient combattre : « Voyez, je suis là, je ne me suis pas enfui, j'ai fait ce que j'ai pu. » Il prit conscience d'une manière fulgurante de la gravité du moment qu'il vivait. Il envoya promener ses scrupules. Au diable ce qu'on penserait de lui. Il n'avait de comptes à rendre à personne. La certitude que se jouait la partie la plus importante de sa vie rendait illusoire tout ce qui se passait autour de lui. Ainsi, il arrivait à cet instant qu'il avait tant cherché. Il était ému à l'idée d'assister au spectacle de sa fin. Ses facultés décuplées, rien ne lui échappait de la cérémonie grandiose qu'il suivait avec le sentiment exalté qu'elle allait résoudre son ultime confrontation avec le destin.

Les premières détonations éclatèrent. La salve tirée trop tôt n'atteignit pas les uhlans. Deux dragons qui, dans le désordre, n'avaient pas eu le temps de rejoindre le carré, furent saisis de panique : ils déguerpirent à toute allure vers la route; l'un courait son fusil serré contre sa poitrine, l'autre, un jeune tambour roux qui avait abandonné son instrument, cavalait d'une manière ridicule en maintenant son sabre sur le côté pour qu'il ne se mît pas dans ses jambes. Le choc se produisit mais le carré tint bon. Les uhlans poursuivant leur galop rejoignirent les deux fuyards. Le premier dragon, transpercé d'un coup de lance dans le dos, tomba sur son fusil. Le jeune tambour roux, lui, fit face : dans un subit accès de courage ou de folie il tenta de saisir la lance d'un uhlan qu'il avait esquivée : il y réussit et aurait mis bas le cavalier si on ne lui avait assené par-derrière un coup de sabre sur la nuque.

Les uhlans repartirent à la charge. A nouveau le choc, le crépitement des détonations, les cris, les hennissements. Le soleil sortit d'un gros nuage et fit briller dans la mêlée les baïonnettes et le fer des lances. Le feu devenait de moins en moins nourri. Le carré semblait sur le point d'être enfoncé. Deux chevaux s'abattirent.

Soudain Henri aperçut un uhlan à cinquante mètres de lui qui le fixait, l'air surpris. Après une hésitation, il piqua droit sur lui. Henri sentit sa gorge se serrer; une bouffée de chaleur mouilla son front. Il était subjugué par la vision de l'énorme cheval rouan au galop, par le fer de la lance pointée vers son cœur, dont la flamme verte flottait au vent. Désormais sa mort paraissait inéluctable. Ce n'était plus un souhait lointain, un rêve, il allait mourir. Une force en lui résistait. Il recula de quelques pas et se griffa le visage aux branches d'un sapin. Surmontant la tentation de se coucher dans l'herbe et de fermer les yeux, il lança un dernier regard sur son adversaire : son sourire insolent de chasseur fier de tenir une proie à sa merci, ses yeux brillants du plaisir de tuer le révoltèrent. Il se jeta sur le côté. La lance passa à quelques centimètres de sa poitrine, se prit dans les branches et se brisa. Le uhlan poussa un juron, et se débarrassa de sa lance brisée. Il se haussa sur ses étriers pour dégainer son sabre. Henri vit s'élever au-dessus de lui le poitrail du cheval qui se cabrait. Dans un réflexe pour le repousser, il tendit son fusil d'un mouvement brutal. Aussitôt un flot de sang chaud l'aveugla. « Voilà, se dit-il, je suis mort. Pourquoi est-ce que je ne souffre pas? » Étonné d'être toujours debout, il essuya ses yeux du revers de sa manche. Il vit le cheval affaissé qui essayait de se redresser sur ses antérieurs et dont le sang pissait à gros bouillons de la blessure qu'il avait reçue à la gorge.

Le uhlan désarçonné, le sabre à la main, tentait de retirer sa botte prise dans l'étrier. Il ne souriait plus : son regard avait pris une expression féroce et furibonde. Henri, saisi d'une peur irraisonnée, sans laisser à son adversaire le temps de se dégager, se fendit comme à l'escrime, pointe au corps, et lui plongea sa baïonnette dans la poitrine. Il sentit à travers la crosse la résistance des os et le craquement des côtes. L'homme ouvrit des yeux exorbités, son regard chavira et il s'effondra, la baïonnette fichée dans la cage thoracique. Henri, terrifié, commença à courir vers le bois et s'arrêta net devant un sapin. Il vivait. Un sentiment de joie et de reconnaissance l'inondait. Il avait envie d'étreindre l'arbre. Il pensa aux punitions qu'il risquait en abandonnant son arme. Il revint sur ses pas. Le cheval était raide mort, le uhlan agonisait, ne poussant plus qu'une faible plainte les mains serrées sur sa poitrine, le visage déformé par une horrible grimace. Henri avec dégoût dégagea son fusil d'un coup sec et essuya la baïonnette dans l'herbe. Les uhlans sonnèrent la retraite et déguerpirent au galop comme une volée de moineaux à l'approche d'un épervier. La compagnie de dragons poussa des hourras. Un escadron de cuirassiers, la poitrine étincelante, surgit dans la prairie. Une averse froide se mit à tomber dans la lumière violette du ciel d'orage.

6

Henri n'atteignit son cantonnement que tard dans la nuit. L'orage n'avait cessé de gronder; la compagnie était trempée comme une soupe. La route à certains endroits se transformait en torrent de boue. On enfonçait jusqu'au mollet dans la terre spongieuse qui aspirait les chaussures. Malgré les intempéries, les blessés conduits à l'ambulance, la frousse bleue qu'on avait eue, on ne rouspétait que pour la forme : « Nom de Dieu, on nous fait encore marcher pour les capucins. » Le moral de la troupe était à l'euphorie. Pas seulement parce que l'eau-de-vie circulait dans les rangs. Cette première épreuve du feu fouettait le sang; les langues allaient bon train. On mesurait les périls auxquels on avait échappé. On se sentait fier par-devers soi d'un succès qui, sans l'intervention des cuirassiers, eût été une belle déroute. Les officiers parlaient entre eux, vantant l'invincibilité de la formation en carré. La compagnie s'était mystérieusement soudée : un chaud sentiment de fraternité fondait les individualités; les cœurs les plus endurcis se laissaient aller aux confidences. Que la vie est belle quand on est sain et sauf et qu'on se dirige vers un village où vous attend le fumet d'un bon repas! Dans la nuit noire, chacun assaisonnait sa jeune gloire d'un rêve de dindon rôti, de poularde à la broche et d'ortolans aux petits oignons.

De grandes déceptions les attendaient : le petit village sur le Danube où ils devaient passer la nuit avait été incendié le matin même. Des caissons calcinés et des affûts de canon déjantés encombraient la place. L'église débordait de blessés. Les combats avaient saccagé ou détruit la plupart des maisons. Une odeur âcre de fumée se répandait venant du pont qui continuait de brûler. Des cadavres jonchaient le sol – certains, après les nombreux passages des trains d'artillerie, les jambes et la tête arrachées du tronc. Comme des ombres, les soldats erraient au milieu des ruines, cherchant un coin au sec.

Henri avait le sentiment d'évoluer dans un monde devenu irréel. Il ne reconnaissait rien. Chacun de ses gestes, l'averse froide qui lui fouettait le visage, le paysage maussade et triste sous le ciel plombé, puis absorbé par la nuit menaçante, le bruit de son pas dans la gadoue, les flammes de l'incendie, tout lui était étrange. Il se demandait s'il ne rêvait pas. L'étau qui enserrait sa nuque avait disparu, ainsi que le poids douloureux qui lestait son corps. Il se sentait léger. La fatigue, bien que la journée eût été longue et mouvementée, ne lui pesait pas.

Au village, il suivit le mouvement. Une partie de la troupe trouva refuge dans une bâtisse fantomatique dont volets et châssis de fenêtres avaient été arrachés; leurs vestiges brûlaient au beau milieu d'une pièce dans un foyer improvisé dégageant une fumée épaisse qui piquait les yeux. Le sol en terre battue exhalait une odeur de beurre rance et de lait sur. Henri s'installa à même le sol sur une brassée de paille humide, la giberne contre le mur. Après avoir avalé une soupe trop claire, il s'allongea sur sa capote qu'il rabattit sur lui, le visage chauffé par le feu. D'abord, le vacarme et l'excitation de ses camarades qui faisaient un sort à une bouteille d'eau-de-vie l'irritèrent. Puis, enveloppé dans le brouhaha, il n'y prêta plus attention. Alors les images du combat de la journée l'assaillirent : il revit le uhlan avec son sourire vainqueur qui l'avait décidé à le tuer, ce sourire qui, il s'en apercevait seulement, possédait la même arrogance que celui de Tony tel qu'il lui apparaissait dans ses cauchemars éveillés; et ses yeux révulsés, sa bouche ouverte comme celle d'un homme qui va éternuer quand il avait planté sa baïonnette dans la poitrine. Il entendit à nouveau le galop lourd du cheval rouan, le juron du uhlan quand sa lance s'était brisée. La peur l'oppressa comme si la lance le menaçait toujours et qu'il dût parer ses coups. Les visions s'éloignaient et revenaient par vagues. Il n'avait pas de remords d'avoir tué le uhlan. Le dénouement bizarre de ce duel l'étonnait. Il ne voulait pas tuer, il voulait mourir. Et il vivait et le uhlan était mort. Ce mystère s'était joué ailleurs. Il ne fallait pas chercher à comprendre.

Une étrange impression de douceur naissait en lui tandis que ses membres se réchauffaient et que les images refluaient. Ses pieds mouillés séchaient. Ses vêtements fumaient devant le feu. Il dérivait peu à peu, poussé par un souffle tiède à l'écart du monde de la guerre. Une présence tendre et soyeuse le prenait sous sa protection et lui donnait un sentiment de paix qu'il n'avait jamais éprouvé. Il lui semblait que grâce à elle, aucun mal ne pouvait lui arriver. Le visage de sa mère lui apparut. Il éprouva la bienfaisance du contact de sa peau, le calme d'être serré dans ses bras. Il ne forma plus avec elle, mêlant ses gestes et son souffle au sien, qu'une seule personne. Il se souvint d'une nuit d'orage où, enfant, elle l'avait pris avec elle dans son lit, tiré de la chambre glaciale de la maison de Poissy, leur refuge après l'arrestation de son père. Jamais comme dans ce moment tragique, marqué par le dénuement, à la merci d'une dénonciation, il n'avait éprouvé de bonheur plus absolu que celui d'être seul dans le lit de sa mère, partageant ses craintes, sa chaleur, son parfum. Ses bonheurs d'adulte ne lui avaient toujours paru que des échos imparfaits de cette nuit merveilleuse où sa mère lui appartenait et étendait autour de lui une protection indestructible. Il se rappelait les tintements d'une horloge dans la chambre tandis qu'il contemplait son visage endormi sous la pâle clarté d'une lampe à huile. Jamais il n'avait oublié ce moment de communion avec un autre corps qui lui semblait le prolongement bienfaisant du sien.

Henri allait s'assoupir lorsqu'un cri de femme le glaça : un long hurlement qui retentit dans la maison et imposa le silence dans la pièce. Il cessa et se mua en une plainte étouffée et rageuse comme si on tentait de le bâillonner. Des bruits de bousculade provenaient de l'escalier; le remue-ménage gagna l'étage supérieur. Les hurlements reprirent plus stridents puis s'atténuèrent. Les pas raclaient le plancher. On entendait des rires mêlés à des mouvements de lutte. Un long moment passa. A nouveau ce furent la bousculade dans l'escalier et des éclats de voix. Alors monta une plainte cassée par les hoquets et les gémissements. La femme pleurait; parfois son pied frappait rageusement le plancher. Sur les visages des soldats rendus muets passaient des expressions stupéfaites et bestiales.

La plainte continua. Henri finit par s'y habituer et s'endormit.

Le matin, quand il quitta la pièce au sol couvert de cendres, il découvrit dans l'escalier une poignée de longs cheveux blonds.

7

Le soir tombait sur la petite place d'Elchingen encombrée de soldats et de chevaux fourbus. Des gémissements et des cris parvenaient des voûtes de l'abbaye toute proche où les chirurgiens opéraient sans relâche. Les blessés attendaient leur tour allongés sur l'herbe sous les grands marronniers avec un regard doux et résigné d'enfant fautif. Une vivandière au fichu rouge passait parmi eux et distribuait de l'eau-de-vie. Toute la journée, on s'était battu avec rage : d'abord sur les rives du Danube que la cavalerie avait franchi sur un pont de chevalets, puis lors de la charge à fond sur le village perché sur un mamelon et défendu par plusieurs régiments de tirailleurs autrichiens. Antoine Reisset – Tony – à la tête de son escadron de chasseurs avait culbuté les lignes ennemies avec vigueur. Une empoignade sévère, son bel uniforme en était méconnaissable : déchiré, noirci par la poudre, une large traînée de sang maculait sa cuisse. On le sentait fier d'exhiber ces preuves de sa bravoure.

Des groupes d'officiers, assis sur leurs manteaux dans l'herbe mouillée, fumaient leur brûle-gueule, l'air harassé. On apercevait au loin sur le Danube les murailles d'Ulm à demi dissimulées par les peupliers qui bordaient le fleuve, les hauteurs du Michelsberg qui prenaient une teinte bleutée et la flèche immense de la cathédrale.

Tony ne pouvait rester en place. Il allait, l'air furieux, d'un groupe à l'autre, protestant parce que son escadron n'avait – soi-disant – pas été suffisamment appuyé lors de la charge. Cela réveillait sa rancœur contre le haut état-major qui restait sourd à ses missives comminatoires dans lesquelles il réclamait le grade de colonel qu'on lui laissait espérer. Il avait le sentiment qu'on l'amusait avec des promesses et qu'en réalité on le barrait à cause de son indépendance d'esprit. Déambulant au milieu des cavaliers blessés, il reconnut un de ses chasseurs, la cuisse broyée par un obus, qu'on tardait à opérer. Cette négligence le mit hors de lui. Il porta sa mauvaise humeur agressive sous les voûtes de l'abbaye où le spectacle qui se déroulait aurait glacé plus d'un; pas lui. Les chirurgiens, le tablier sanglant, la scie ou le scalpel à la main, s'affairaient. On se serait cru dans une vaste cuisine à l'heure du coup de feu. Des chaudrons d'eau bouillante fumaient. Les chirurgiens amputaient, sciant bras ou jambes avec plus ou moins de dextérité dans un appareil en cuivre semblable à une caisse. Les membres étaient jetés entre les allées de tréteaux sans que personne songeât à les dissimuler aux regards des malheureux qui attendaient leur tour. Les aides couraient çà et là, tendant les instruments, maintenant avec rudesse les hommes pendant qu'on les charcutait, passant la charpie et l'eau de Cologne. L'équipe médicale insuffisante ne pouvait faire face aux blessés qui affluaient. La charpie commençait à manquer.

Tony parcourut la vaste salle en maugréant. Avisant un chirurgien appuyé au chambranle d'une porte, le tablier souillé de sanies sanglantes, qui prenait un instant de repos, il se mit à l'insulter. Le grand gaillard à la trogne rougeaude et à l'épaisse moustache poivre et sel l'écouta sans s'émouvoir avec un sourire narquois comme s'il avait affaire à une espèce d'original, tout en tirant avec une évidente volupté les bouffées d'un petit cigare. Bientôt lassé de l'entendre, il menaça Tony de le mettre à la porte de l'hôpital. Cette réaction ne démonta pas Tony qui continua ses récriminations de plus belle.

Un officier de cuirassiers blessé, assis sur le sol, le dos contre le mur, assistait à la scène. Il fixa Tony avec un regard qui finit par attirer son attention et lui lança d'une voix étonnamment ferme pour un homme qui venait d'avoir un pied arraché :

« Patiente un peu... Ton tour viendra! »

Tony, courageux comme un lion mais superstitieux comme une soubrette, se raidit. Sans répliquer, il sortit de la salle voûtée, passa sous l'abbaye et remonta vers la place où il se remit à vitupérer l'incapacité des officiers de santé.

« Quelle organisation du diable! Allez donc risquer votre peau pour tomber entre les pattes de ces équarrisseurs incapables! Quelle foutaise! »

Ses vociférations ne trouvaient que des oreilles indifférentes. Ses propos choquaient. Ils troublaient un moment sacré où chacun, après la bataille, rentre en soi-même et rend grâce au destin d'être du bon côté de la vie. Alors à quoi bon protester? Mieux valait, loin des plaintes et des souffrances, s'abandonner à la délicieuse satisfaction d'étirer ses membres fatigués mais intacts dans la caresse du vent du soir.

Tony passa près d'un groupe d'officiers au milieu desquels il aperçut Philippe qui se soignait lui-même une blessure au bras droit. L'os n'était pas atteint mais l'estafilade saignait abondamment. Pourtant Philippe n'avait pour ainsi dire pas participé à la charge : son escadron placé à l'arrière-garde n'atteignit l'abbaye que comme le combat s'achevait. Il avait essuyé l'une des dernières balles autrichiennes avant le cessez-le-feu.

Tony chercha à attirer l'attention de Philippe,

mais celui-ci, occupé à panser sa blessure, ne le remarqua pas. Tony adressa des reproches aux officiers de hussards, les accusant de ne pas l'avoir soutenu au moment crucial. Ces derniers haussaient les épaules : ils n'avaient fait qu'obéir aux ordres et de surplus, en ce moment, ils ne se sentaient aucun goût pour les querelles. Leur ardeur belliqueuse s'était assez dépensée ces derniers jours.

Philippe n'eût peut-être pas aperçu Tony si un marron tombant de l'arbre sous lequel il se tenait ne l'avait frôlé. Il eut un mouvement brusque.

« A présent, voilà les biscaïens qui tombent des arbres », dit un gros lieutenant à l'accent méridional.

Les officiers éclatèrent de rire. Et Philippe vit Tony qui l'observait avec une expression sarcastique. Philippe dut se maîtriser pour ne pas tourner le dos tant cette rencontre lui déplaisait. Il avait espéré, après l'incident de Boulogne, ne plus jamais le retrouver sur son chemin, et voilà qu'il réapparaissait avec son air aigre et fat. Philippe fit mine de ne pas le reconnaître et continua à nouer son pansement. Tony le toisa un long moment avec mépris et laissa tomber ces mots, assez fort pour être entendu de tous :

« Une égratignure de demoiselle. Avec de tels lascars, il ne faut plus s'étonner de ne pas être soutenu ! »

Cette insolence en toute autre occasion eût été relevée. A cet instant elle tomba à plat comme une grossière provocation et ne suscita qu'un murmure de désapprobation. Tony s'en aperçut et tourna les talons. Il gagnait déjà le milieu de la petite place, au soulagement de Philippe, lorsque, pris d'une nouvelle lubie, il revint sur ses pas, le visage décomposé par la fureur. Il s'adressa à Philippe :

« Capitaine de Bercheny, vous avez l'art de vous sortir de toutes les situations. A la guerre comme ailleurs, vous et vos pareils vous vous en tirez toujours. Mais cessez de nous casser les oreilles avec votre honneur... Vous êtes un homme sans honneur! Et je peux le prouver... »

Frappé par cette insulte, Philippe saisit aussitôt tout ce qu'elle signifiait : il allait être contraint de se battre. Cette perspective lui répugnait moins en raison de son aversion pour le duel qu'à cause de son mépris pour l'adversaire qu'il devrait affronter.

Ensuite ce fut la confusion : Philippe se jeta sur Tony; son pansement mal attaché se défit. Les officiers s'interposèrent et séparèrent les deux adversaires. Rendez-vous fut pris pour un duel dès que la blessure de Philippe serait guérie. Philippe désigna deux témoins parmi ceux qui avaient assisté à l'affront. Tony, blême, mais le sourire aux lèvres, satisfait du scandale suscité, remonta à cheval.

8

Cette satisfaction dura peu. Tony rejoignit de méchante humeur son escadron qui bivouaquait au sommet du Michelsberg, au-dessus de la place d'Ulm. Sa fièvre retombée, il comprenait mal son subit emportement. Cela l'irritait d'avoir été ridicule, et de surcroît devant des hussards. Quelles gorges chaudes ils allaient faire! Il se reprochait de ne pas avoir choisi une meilleure occasion de clouer le bec à ce Bercheny qu'il détestait. Le soir, devant le feu de camp, il exposa son affaire au vieux colonel Basdevant, une vieille moustache toujours indulgente à ses incartades, qui avait gagné ses galons dans les campagnes de la Révolution, et lui demanda d'être son témoin.

« Un duel, cré nom d'un chien, comme si tu manquais d'occasions de te faire trouer la peau! »

Tony qui fumait sa pipe en écume d'un air songeur eut un geste de lassitude.

« Bah, quand le vin est tiré il faut le boire. »

En réalité, Tony dissimulait sous son attitude fanfaronne et agressive que depuis plusieurs mois il souffrait. Il avait adressé à Julie plus de dix lettres, toutes sans réponse. Ce silence le rendait fou. Au moment où toute son énergie était requise par les combats, il ne cessait de penser à elle, d'échafauder des plans pour qu'elle l'entendît et l'aimât. Situation toute nouvelle pour ce séducteur patenté qui avait toujours traité les femmes avec une superbe négligence. Cette fois, il était pris. La crainte d'avoir à jamais perdu l'amour de Julie le jetait dans le plus sombre abattement et aigrissait son humeur déjà querelleuse. Son désespoir était si profond que, piétinant son amour-propre, il avait demandé à sa sœur de se rendre de Sarlat à Paris pour obtenir des nouvelles. Il supplia également son ancienne maîtresse, la belle Fortunée Hamelin, dont il avait partagé les faveurs avec le beau Montrond – une vieille histoire, mais une tendre complicité les unissait toujours –, de se charger de la même mission. En vain. Enfin il se rabattit sur son puissant protecteur, le baron O'Harty, riche Irlandais célibataire qui s'était pris pour lui d'une amitié passionnée et voulait l'adopter. Pour le fils de la tenancière du Tapis Vert, tripot malfamé de Sarlat, c'était là un titre et la fortune assurés. Pourtant il hésitait, déchiré entre son ambition et ses scrupules jacobins. Le vieil excentrique qui lui témoignait toutes les attentions d'un père se contentait pour l'instant de payer ses dettes et de lui offrir les plus beaux chevaux. Le baron renâcla d'abord à s'entremettre dans une affaire sentimentale si complexe, aux ramifications politiques dangereuses, qui comportait un double risque de le séparer de son protégé : son statut d'étranger le plaçait à la merci d'une expulsion, mais surtout cette idylle qu'il avait d'abord encouragée comme une simple passade menaçait de le priver un jour de son ascendant sur Tony. Le baron ne résista pas à ses supplications et se rendit rue du Petit-Vaugirard. On ne le reçut pas. Il s'en trouva secrètement satisfait.

Tony continuait à se ronger, ballotté par les incertitudes. Il ne menait pas pour cela une vie de moine. Plus d'une Teutonne à la poitrine opulente avait succombé à son charme prodigue et tapageur. Cette débauche n'avait d'autre but que de le distraire et ne parvenait qu'à lui rendre plus cruelle l'indifférence de la femme qu'il aimait.

La passion violente de Tony pour Julie étonnait. Il avait connu des femmes aussi belles, ou plus fastueuses, et ne s'était attaché à aucune avant de rencontrer Julie à un bal donné à la sous-préfecture de Saumur. Depuis un an, il vivait envoûté. Pourtant tout chez elle aurait dû irriter le jacobin qu'il demeurait : elle appartenait à l'aristocratie qu'il exécrait. Ancienne élève des augustines irlandaises, puis de l'institution de Mme Campan, il lui en restait des expressions, des tics de langage et un ton de conversation très faubourg Saint-Germain.

L'hiver et le printemps passés à Saumur ne furent qu'une longue fièvre à tenter de l'apercevoir, à galoper sous les fenêtres de la sous-préfecture, à hanter toutes les réceptions où il savait que les fonctions de son mari la conduiraient. Devant elle, aussi empoté qu'un collégien, il bafouillait des compliments, se prenait les pieds dans son sabre. Cette maladresse finit par émouvoir. Devant ce géant aux fossettes enfantines, à la réputation de briseur de cœurs, qui se transformait pour elle en soupirant transi, Julie ne se montra pas longtemps cruelle. Elle l'admit dans son intimité. Souvent elle lui accordait une danse. Il lui arrivait même de lui abandonner les rênes de son cabriolet sur la promenade du pont de Saint-Cyprien, geste qui à Saumur n'était pas loin de passer pour le summum du dévergondage.

C'est à cette époque que Philippe de Bercheny séjourna chez son frère après une mission d'inspection à Nantes. Durant les dix jours passés dans la ville, en l'absence du sous-préfet appelé à Paris, Tony sentit Julie s'éloigner. Elle ne lui souriait plus avec le même abandon, ne lui accordait plus d'apartés. C'est à peine si, au cours d'un bal à La Flèche, elle lui concéda une valse. Elle semblait n'avoir d'yeux que pour son beau-frère.

Il n'en fallut pas plus à Tony pour enflammer sa jalousie. Ses soupçons furent d'autant plus forts que Philippe habitait l'appartement de Julie à la sous-préfecture et avait le loisir de la voir à toute heure. Dès le départ de son rival pour le camp de Boulogne, leurs relations reprirent leur cours ancien mais la jalousie resta. Aux reproches que lui adressait Tony, Julie se contentait de hausser les épaules d'un air agacé. Toujours aux aguets de ce qui pouvait envenimer son mal, un soir de beuverie, il suscita les confidences d'un hussard qui courtisait la femme de chambre de Julie. Ce qu'il en apprit... la mort seule pourrait le lui faire oublier. Si Philippe de Bercheny se fût trouvé alors à sa portée, il l'eût abattu sur place comme un chien.

Depuis lors, dès que Julie était songeuse, ou lui manifestait moins d'attention, il maudissait Philippe. Cette jalousie expliquait son escapade à franc étrier aux eaux de Plombières. Il avait cru la surprendre. Peut-être ne reverrait-il jamais Julie? Mais alors il aurait au moins la satisfaction de tuer son beau-frère ou d'en être tué. « Il faut, se disait-il, que quelque chose se passe, que le sang coule. »

9

Henri déambulait dans Ulm. Le soir tombait. La ville s'était rendue la veille. L'après-midi même les troupes vaincues, le malheureux général Mack à leur tête, avaient déposé leurs armes devant l'Empereur aux portes de la ville. Quelle impression étrange de se promener si aisément dans une cité qui, depuis des semaines, paraissait imprenable et mystérieuse derrière ses énormes murailles. On ne voyait âme qui vive dans les rues. Les volets des opulentes maisons à colombage étaient clos. Les bourgeois se terraient chez eux. Sans la fumée qui s'échappait des cheminées on aurait cru la ville désertée. Henri descendit jusqu'à la basse ville, là où les remparts sont baignés par le Danube. Le quartier chaud. Les auberges bruyantes grouillaient de soldats ivres. Des escouades de gendarmes à cheval patrouillaient pour prévenir les excès de la soldatesque.

Le visage mouillé par la pluie fine, Henri n'avait pas le goût de participer à la liesse de la victoire. Sa solitude lui pesait moins que l'idée qu'il y était condamné sans remède. Sa fuite aurait-elle jamais de fin? Il souffrait toujours. La pensée de Julie ne cessait de le harceler et de le blesser. Il n'éprouvait plus une souffrance aiguë mais comme un mal, qui ne le lâchait pas : il s'endormait et se réveillait avec lui. Un bourdonnement incessant, une pression sur les tempes qui tirait vers la nuque. Rien ne pouvait l'atténuer, pas même les combats les plus sévères où le bruit assourdissant du canon, la violence des charges à la baïonnette lessivaient les cerveaux et laissaient les hommes hébétés, comme vidés de leur substance.

La haine le tenaillait dès qu'il pensait à Tony. Il ne l'avait aperçu qu'une seule fois à la tête de son escadron qui traversait au galop un bourg sur le Danube, reconnaissable entre mille avec ses insupportables fossettes et son air infatué. Il saisit son fusil mais, le temps de l'ajuster, déjà il s'éloignait hors de portée. Sa haine était si forte qu'il ne pouvait voir l'uniforme des chasseurs, le dolman vert aux parements aurore, le shako au plumet noir et rouge, sans éprouver une nausée, comme si elle représentait la livrée d'une engeance maudite. Il se répétait : « La prochaine fois, je le descends. » Il lui arrivait même de prier pour que Dieu le débarrassât de lui. Tant d'hommes mouraient chaque jour, pourquoi pas lui? Seule la mort de Tony en le délivrant pourrait changer le cours de son existence. Cette idée, il la caressait avec une sombre délectation comme la seule voie de son salut.

Plongé dans ses pensées, Henri entendit qu'on l'appelait. Il réagissait toujours avec retard : il ne s'habituait pas à son nom d'emprunt.

« Ponchot... Ponchot...! »

A la porte d'une auberge, un soldat lui faisait de grands signes, la mine réjouie : le jeune tambour roux laissé pour mort lors de la charge des uhlans de Merveld. Un large pansement lui protégeait la nuque et lui faisait un cou monstrueux. Depuis qu'il était revenu de l'ambulance, on ne l'appelait plus que « le Ressuscité ». Henri pénétra dans l'auberge. Le vin et la bière coulaient à flots. Des filles s'attablaient avec les soldats. Les servantes, leurs gros seins étouffés par un corset, avec dans le regard cette servilité inquiète des vaincus de fraîche date, apportaient des bouteilles et des pots en grès. Un tohu-bohu de tous les diables : on braillait, on chantait, tantôt en français, tantôt en allemand. Des soldats ivres morts dormaient sur les tables. Dans un coin, indifférents aux bruits, deux vélites jetaient les dés; un peu plus loin un hussard du Hanovre disputait une partie de bouillotte avec un caporal du génie qui triturait sa moustache d'un air inspiré.

Le Ressuscité déchaîné serrait les filles de près et leur chuchotait des mots salaces qui leur chatouillaient les oreilles. Elles riaient fort, les yeux pleins de larmes. Henri commença à flûter quelques verres d'un vin blanc du Rhin qui se buvait comme du petit-lait. A chaque gorgee, il lui semblait qu'une brume dorée emplissait son cerveau. Ses membres se détendaient. Le vacarme s'estompait mais il distinguait avec netteté le roulement des dés en ivoire sur la table. Il se laissa aller comme un pantin.

Quand il émergea des vapeurs de l'alcool, il était sur le plancher d'une chambre et chevauchait une des filles, une grande maigre à la figure pâle et disgracieuse qui l'observait avec des yeux clairs d'une étrange fixité. Elle avait seulement remonté ses jupes et délacé son corsage. Son sexe exhalait une odeur âcre, semblable à celle de la poudre après la détonation. Tandis qu'il lui faisait l'amour et qu'elle restait insensible comme une planche, il percevait au-dessus de lui, sur le lit, les glapissements d'une autre fille. Il ne voyait que ses pieds et ceux du Ressuscité qui s'agitaient.

Une lueur sauvage jaillit dans sa tête. Puis l'obscurité revint. Il relâcha son étreinte. Quand il se dégagea, le ventre de la fille fit un bruit aqueux de ventouse : il en éprouva du dégoût. Il se rajusta, la tête bourdonnante, dégrisé. Il souhaitait qu'elle disparût au plus vite. Mais elle ne semblait pas pressée de partir. Elle lui parlait en allemand. Il ne comprenait pas ce qu'elle voulait. Elle haussa le ton, le visage aigri par la récrimination. Lorsqu'elle lui tendit la main, Henri comprit enfin : elle voulait de l'argent.

10

C'était un village aux rues tortueuses accroché au flanc de la montagne au-dessus du Danube, à deux jours de marche en avant de Dirnstein où avaient eu lieu des combats meurtriers. Plusieurs escouades de la division Gazan, si durement éprouvée, y cantonnaient. Quand Philippe le traversa avec son escadron, il était encombré de voitures de paysans venus pour le marché; bientôt la cavalerie fut immobilisée dans la grand-rue. Philippe observait avec attention les soldats qui foisonnaient. Depuis qu'il savait que son frère avait écrit une lettre d'Allemagne, il ne doutait pas qu'il se fût engagé dans la Grande Armée. Il ne pouvait s'empêcher de le chercher. Il allait jusqu'à visiter les ambulances et les hôpitaux : l'odeur de fromage pourri caractéristique des grandes suppurations qui y sévissaient lui devenait familière comme celle du soufre des fumigations.

Un jeune voltigeur, la tête bandée, les yeux rougis par la fièvre, traversa la rue et demanda d'une voix pressante aux hussards s'ils ne pouvaient lui céder un peu de belladone ou d'opium pour apaiser des douleurs violentes. A cet instant une charrette avança, transportant des futailles; une poutre qui en dépassait vint donner sur son crâne par-derrière avec un bruit sourd. Le voltigeur hurla. Il se prit la tête dans les mains comme s'il voulait l'empêcher d'éclater. Il courut en criant jusqu'à la maison où il cantonnait; bientôt on le vit apparaître à la fenêtre du deuxième étage. Il se signa, enjamba le rebord et se jeta sur le pavé. Plusieurs hussards descendirent de cheval pour le secourir. Il était mort sur le coup.

Un paysan passa alors la tête par la fenêtre d'où le soldat venait de se jeter. Des voltigeurs qui entouraient le corps de leur camarade l'aperçurent et crièrent : « A l'assassin... A l'assassin! » sans qu'on parvînt à les raisonner. Ils se précipitèrent dans la maison, molestèrent le paysan et l'auraient abattu sur place sans l'intervention des hussards. Un capitaine de voltigeurs arriva sur les lieux : rapidement informé, il ordonna l'exécution du pauvre bougre. Philippe eut beau protester, menacer, rien n'y fit. L'homme ligoté fut entraîné hors du village. On entendit le bruit d'une salve.

Philippe était accablé. Le suicide du voltigeur réveillait en lui le pénible souvenir d'Henri dont il avait imaginé longtemps qu'il s'était donné la mort. S'y ajoutait l'horreur de la justice expéditive, l'entêtement borné des stupides porteurs de sabre. C'était cela aussi la guerre, cette accumulation de misères. Et sa blessure reçue à Elchingen, à laquelle il n'avait pas prêté assez d'attention, commençait à le faire souffrir. Et ce duel absurde qui l'attendait avec Tony! Comble de tout, la pluie se mit à tomber, comme si la terre n'en était pas assez abreuvée, bouchant la vue, tandis que les chevaux empruntaient un chemin rocailleux hérissé de rochers patibulaires. Le Danube disparut dans la brume.

Des détonations éclatèrent dans le lointain, suivies par la canonnade. On se battait à moins d'une lieue. Philippe donna des ordres pour qu'on se préparât au combat.

11

Un sombre après-midi de novembre, Lucie de Lussay se présenta chez Julie. Elle avait dû faire un grand effort sur elle-même pour se résoudre à ce rendez-vous. Julie l'impressionnait. Elle l'avait connue au couvent des augustines irlandaises où sa personnalité déjà affirmée exerçait un grand ascendant. Elle l'admirait pour toutes les qualités qui lui manquaient : le naturel, le piquant de la conversation, une audace et un mépris de l'opinion d'autrui, sans arrogance, dans le respect des formes et des convenances. Et loin d'exhiber la force de son caractère, le fer de sa volonté, elle paraissait douce, presque effacée. Ne cherchant ni la provocation ni les bravades, elle ne laissait personne empiéter sur sa liberté. Bref une femme accomplie, *un esprit fort* : évidemment, elle tranchait sur les insipides poupées mondaines du faubourg Saint-Germain, dévotes du conformisme. Une heure passée avec elle paraissait si riche à Lucie de Lussay, si pleine de perspectives originales, qu'elle en nourrissait sa réflexion pendant quinze jours. Elle lui enviait par-dessus tout ce pouvoir de séduction qu'elle exerçait sur tous les hommes. Pas un bal, pas un souper où son nom ne fût prononcé par un jeune homme avec cet émoi qui annonce le futur soupirant. D'où lui venait ce charme? Peut-être de cette lueur sauvage qui passait dans ses yeux noisette, de l'impression de fierté animale que dissimulaient ses manières policées? Bien que très sollicitée, on la disait sage. Sa réputation n'eût jamais souffert sans la disparition mystérieuse de son mari, qui avait suscité des commérages. Lucie les attribuait à la jalousie.

Elle avait toujours rêvé de devenir son amie. Mais à chaque nouvelle rencontre elle déchantait : Julie était trop personnelle. Les femmes ne l'intéressaient pas. Elle pouvait seulement leur accorder de courts instants d'une attention superficielle. Julie avait été une alliée dans son projet de mariage avec Philippe. La première, elle lui avait mis en tête cette idée, lui disant qu'elle la considérait comme « la belle-sœur idéale ». Les deux femmes ne s'étaient pas revues depuis car Julie avait eu d'autres soucis. Lucie se demandait avec angoisse si elle allait la retrouver dans les mêmes dispositions. Et surtout comment elle aborderait ce sujet délicat.

Quand Lucie se fit annoncer, Julie donnait une leçon à son fils. Elle s'interrompit et l'envoya chez ses grands-parents. Elles s'installèrent dans une chambre qui faisait office de petit salon, sur un lit de repos sous le portrait d'une aïeule à l'air aigre et vindicatif. La pièce était dans la pénombre, mal éclairée par un ciel bas et menaçant. Il y faisait un froid humide.

Lucie qui craignait que Julie ne découvrît le véritable motif de sa visite orienta la conversation sur son fils. Elle constata que Julie n'était pas dans l'état de délabrement moral qu'elle avait supposé. Elle évoquait l'avenir de son fils, le sien, en femme qui maîtrise l'adversité, avec détachement. Elle paraissait préoccupée de sa situation matérielle et lasse d'un « demi-veuvage » qui la ramenait à la condition de jeune fille. Elle attendait sa désignation comme dame d'honneur de l'Impératrice et ne dissimulait pas le plaisir qu'elle en éprouvait : logée à la Malmaison ou à Saint-Cloud, elle suivrait l'Impératrice dans ses déplacements et échapperait à cette existence morne et oisive qui lui pesait. Elle parlait de sa vie future comme si elle n'envisageait pas le retour de son mari. Quand Lucie évoqua un bal auquel elles avaient assisté, le visage de Julie s'éclaira au souvenir de cette fête brillante. Puis elle se rembrunit.

« C'était un mois avant la disparition d'Henri. Comme ma vie a changé depuis! dit-elle d'un air désolé sans que Lucie pût discerner si cette affliction tenait à la disparition de son mari ou à la précarité de son statut social.

– Et Philippe? » demanda Lucie avec une audace qui l'étonna elle-même.

Julie sembla ne pas l'avoir entendue. Puis elle posa sur Lucie ses yeux noisette soudain scrutateurs et durs, comme si elle découvrait que son amie était venue pour lui poser cette seule question.

« Oh, Philippe! » Elle eut un sourire sarcastique en songeant à l'une de ses frasques, qui blessa Lucie. « Bien sûr, il est inquiet pour son frère, entre deux batailles, entre deux... Teutonnes. A-t-il même le temps d'y penser? » Elle marqua un temps et regarda Lucie avec un air de compassion un peu forcée.

« Tu l'attends toujours?

– Oh moi, j'ai bien le temps, s'exclama Lucie d'un ton pincé, exprimant l'inverse de l'émotion qu'elle éprouvait.

– Tu as raison. Attends qu'il s'assagisse. » Puis, comme se parlant à elle-même : « Il appartient à la race des amants, moins sûr qu'il appartienne à celle des maris. »

Lucie opina, dissimulant sa détresse derrière un sourire vague. Et elle prit congé.

Elle regagna la rue de Grenelle, désespérée. Cette visite, loin de la rassurer, l'accablait. Elle ne comprenait pas pourquoi Julie, autrefois si bien disposée à ce mariage, le considérait aujourd'hui avec tant de légèreté. Un soupçon affreux la traversa. Puis elle pleura sur son sort, prit la résolution d'écarter à jamais Philippe de ses pensées et d'épouser le premier parti qui se présenterait.

12

Philippe arriva à Vienne en piteux état. Il souffrait de sa blessure au bras, qui avait le plus vilain aspect. La plaie suintante ne se cicatrisait pas : les lèvres se détachaient par bouts et prenaient une couleur violacée. Les élancements dans l'avant-bras montaient jusqu'à l'articulation du coude. Un chirurgien consulté s'était contenté de recommander des applications de benjoin. Après un bref soulagement, la douleur revint. Dès qu'il eut pris possession du logement qui lui était affecté, un petit entresol sombre mais confortable dans le quartier de Hietzing où il laissa ses bagages et son hussard, il se mit en quête d'un médecin. On lui recommanda un praticien juif réputé du nom de

Wiener. Il se rendit au 3, Jordangasse, dans l'ancien ghetto, où il trouva une demeure un peu lugubre mais de belle apparence.

Le médecin, vieil homme à besicles, coiffé d'un curieux bonnet de laine grise, l'examina dans un cabinet où s'entassaient les paperasses et les fioles, mal éclairé par une fenêtre aux vitres multicolores qui lui donnait un air de chapelle. Il lui palpa le bras en silence, renifla la blessure avec des hochements de tête et son visage déjà sinistre ne s'éclaira d'aucun optimisme. Puis dans un sabir qui tenait de l'allemand, du français, du latin et du yiddish, il livra un diagnostic alambiqué dont Philippe ne retint avec effroi qu'un seul mot : « gangroena ». Il proposa un traitement que Philippe accepta.

Après l'avoir fait allonger sur un divan recouvert d'une indienne poussiéreuse, il prépara ses instruments. A l'aide de petits ciseaux et d'une lancette, il lui incisa profondément le bras. Mais quand il se mit à injecter du camphre, Philippe dut s'agripper à l'indienne pour ne pas hurler. Enfin le médecin reposa ses instruments, fit une grimace pleine de compassion et donna à Philippe une tape sur l'épaule pour lui signifier qu'il pouvait se lever. Philippe se retrouva dans les ruelles étroites de la Jordangasse, le bras en feu.

Le soir même, des officiers de son régiment l'entraînèrent dans un ancien palais des princes Kaunitz, près de Stefanplatz, que son propriétaire, ruiné, transformait en maison de jeu. L'endroit à la mode. La ville avait eu beau être prise la veille grâce au stratagème du prince Murat que l'on n'appelait plus que « le perfide Ulysse », les salles étaient animées d'une foule brillante et mélangée qui ne manifestait pas la moindre agressivité. Des officiers, en majorité français et bavarois, mêlés à des civils, buvaient du punch ou jouaient sous les lambris et les trumeaux surdorés sans égard pour les ancêtres qui les fixaient dans leurs cadres baroques.

Les vaincus de la veille témoignaient aux Français le maximum de cordialité possible de la part de citoyens qui venaient de perdre une capitale et dont le pays était envahi. Ils dissimulaient bien leur rancœur. Chez eux la curiosité, le goût de la vie et des plaisirs, aidés d'un doux fatalisme et d'un vieil opportunisme semblaient l'emporter sur toute autre considération, amour-propre national compris. Les Viennois possédaient l'art de se prémunir des rigueurs d'une invasion par une désarmante hospitalité. Cette civilité dissimulait sous les dehors les plus suaves une sourde haine qui ne se débondait que dans la prudente quiétude du chez-soi ou dans des libelles qui stigmatisaient le nouveau Néron et comparaient ses troupes aux Huns et aux Turcs. Les conversations roulaient sur l'issue de la guerre. On supputait les chances de l'archiduc Charles de rejoindre l'Empereur d'Autriche en Moravie; l'affrontement qui se préparait renverserait-il la situation? On commentait diversement les atermoiements du roi de Prusse conseillé par l'astucieux et insaisissable comte d'Haugwitz. Enfin on discutait les mérites des sauvages mais vaillantes troupes russes. Un capitaine de cuirassiers, géant rougeaud, les yeux à fleur de tête, se vantait de ses exploits : « Il ne suffit pas de tuer un Russe, disait-il avec le ton empâté que donne l'ivresse, il faut encore le pousser pour qu'il tombe. » On riait.

Une table de whist se formait. Philippe venait d'accepter d'être de la partie, et on se serrait pour lui faire place, lorsqu'une belle et longue femme blonde entra dans la salle. Philippe fut ébloui. Sa peau et ses cheveux ramenés en torsade attiraient toute la lumière des candélabres. Elle évoluait, l'air altier et décidé, plongeant dans la pièce un regard bleu qui passa au-dessus des joueurs comme si elle cherchait quelqu'un. Trottinant derrière elle avec une expression à la fois vaniteuse et soumise, un homme râblé au poil très noir, le regard vif, dévisageait les joueurs. La femme passa en coup de vent près de la table de whist et l'un des joueurs la salua.

« C'est la baronne Dachstein, dit-il. Le baron est l'un des plus importants commissionnaires de l'armée autrichienne.

– Il doit chercher de nouveaux clients », commenta, méprisant, un jeune lieutenant du génie au visage boutonneux qui battait les cartes.

Philippe ne pouvait détacher ses yeux de la baronne. En quoi était-elle si différente des autres femmes? Cet air de fierté conquérante, d'insoumission, ce sentiment de liberté qui émanait de sa personne? Elle donnait l'impression qu'on ne pouvait l'atteindre. Quelle distance entre elle et cette atmosphère de tripot enfumé et d'officiers en goguette! Philippe songea avec un serrement de cœur qu'elle ne serait jamais à lui : trop grande, trop glacée, trop méprisante. Elle était comme un défi jeté à l'amour. Il luttait contre l'élan qui le poussait vers elle, certain de rencontrer un échec qui d'avance le blessait.

Son voisin poussa Philippe du coude.

« Capitaine, c'est à vous de jouer! »

Philippe, l'air éberlué, s'excusa et quitta la table. Il rejoignit la baronne assise devant une longue table de boule. Le baron, qui avait lié conversation avec un général d'artillerie, jetait dans sa direction de furtifs regards noirs. On déposait les enjeux sur des numéros brodés dans l'étoffe d'un tapis vert. De la main gauche, son bras droit en écharpe, Philippe plaça un marie-louise d'or sur le chiffre choisi par la baronne. Quand sa main frôla son épaule nue et qu'il sentit son parfum aux effluves fruités, il eut le sentiment de vivre un moment grave. Il perdit. Au tour suivant, il s'aligna à nouveau sur le numéro de la baronne et perdit encore. En un quart d'heure, il vit s'envoler ainsi une dizaine de pièces d'or. Se tournant à demi, la baronne lui adressa un sourire qui soudain l'humanisa :

« On ne peut avoir toutes les chances : vous venez de gagner une capitale.

– Je pensais que vous aviez le visage de la chance », répondit Philippe.

La baronne eut un sourire plus convenu.

« Il faut être plus prudent. » Elle aperçut le bras de Philippe. Elle reprit : « D'ailleurs, votre bras dit que vous ne l'êtes pas assez.

– Celui qui tenait le fusil a eu de la chance, lui!

– Ne plaisantez pas. Est-ce grave? » Une expression de bienveillance lui adoucissait le visage.

Philippe hocha la tête, maussade.

« Je connais un très bon médecin. Il vous soignera. Venez me voir demain, je vous donnerai son adresse. Je suis la baronne Dachstein, au 4, Universitätplatz. » Elle prononça ces derniers mots très vite et quitta Philippe brusquement. Elle rejoignit son mari qui s'avançait vers elle.

Philippe, tout en prêtant attention aux paroles de la baronne, venait d'apercevoir Tony qui pénétrait dans la salle, accompagné du colonel Basdevant, et se dirigeait droit sur lui. Philippe pâlit. La sueur perla à son front. Il eut la certitude que le duel, plusieurs fois remis à cause de sa blessure, était inévitable. Le sourire mauvais de Tony, sa démarche pleine de défi, ne laissaient planer aucun doute. Philippe répugnait à affronter cet homme qui lui avait toujours inspiré un insurmontable dégoût. Soudain il espéra que le duel aurait lieu, vite, et le débarrasserait de la menace qui pesait sur lui. Avec philosophie, il pensa que demain il serait peut-être mort et qu'il ne reverrait jamais la ravissante baronne dont la nuque blonde s'éloignait. Il entendit la voix arrogante de Tony :

« Alors, capitaine, on n'est pas pressé de se faire rafraîchir à coups de sabre! On préfère causer avec les dames! »

13

Une brume épaisse pesait sur Vienne. Le jour tardait à se lever. Les témoins avaient choisi une prairie sur les hauteurs de Grinzing, protégée par un bosquet de bouleaux et une haie derrière laquelle descendaient des vignes en espalier. Une brise humide et froide traversait les vêtements. Les chaussures glissaient sur l'herbe mouillée. Dans le lointain des cloches carillonnaient, assourdies. On distinguait les halos de lumière des deux cabriolets. Les chevaux hennissaient et faisaient cliqueter leur mors.

A la lueur d'une lanterne, Philippe examinait ses pistolets de chez Boutet, ceux qu'il avait failli oublier au camp de Boulogne. Les armes longues et précieuses reposaient sur leur coussinet de velours vert avec la poire à poudre, les balles de plomb et la brosse d'acier. Identiques en apparence, elles possédaient chacune leur caractère. En dépit des efforts des armuriers, leur détente restait différente : l'une était coquette, l'autre franche.

Il prit l'un des pistolets, le soupesa et visa un arbre : son bras blessé supportait l'arme à condition de ne pas le maintenir levé trop longtemps. Philippe n'avait pas fermé l'œil de la nuit mais son esprit était clair. La peur qui l'avait taraudé pendant la nuit s'évanouissait et laissait place à la curiosité. Était-il possible que dans un moment il fût mort, allongé dans l'herbe, un trou dans la poitrine? Il y pensait, sans parvenir à le concevoir. Il avait écrit plusieurs lettres avant le jour, toutes à des femmes : à Julie, à Lucie de Lussay, à Mlle Rousselois – il se demandait encore pourquoi. Pour le cas où... Son hussard était chargé de les expédier en cas de malheur. Philippe s'attendrit sur lui-même en songeant que peut-être il ne les reverrait plus. La lettre à Lucie, la plus émouvante, l'avait fait réfléchir.

Le lieutenant Debarge lui tendit une feuille sur laquelle étaient inscrites les dispositions du duel arrêtées par les témoins. Philippe parcourut rapidement le texte sans bien le comprendre.

« C'est bien, dit-il en s'efforçant de donner à sa voix un ton posé et martial, je suis prêt. »

Il ne l'était pas tout à fait. Depuis quelques instants, il éprouvait une violente envie de se soulager. Il se retenait : cela lui paraissait mal s'accorder avec la solennité d'un duel. Quand il vit Tony aller pisser sans vergogne devant la haie en sifflotant, il se traita d'imbécile et se retira à son tour.

Le jour se levait. La brume se dispersait par endroits; on commençait à apercevoir la ville et le Danube au bas des vignes. Les témoins tenaient un conciliabule. Tony continuait de siffloter un air à la mode enveloppé dans son grand manteau blanc de chasseur, le regard perdu dans le lointain. Philippe ne put s'empêcher de le trouver beau et cela l'exaspéra. Il fit quelques pas avec impatience. Son esprit était d'une mobilité inhabituelle. Il pensait : à sa mort; aux risques de l'amputation si la gangrène ne guérissait pas; à Henri qu'il aurait aimé retrouver et qui peut-être se battait non loin de Vienne; à la baronne Dachstein et plus précisément à la façon dont elle devait faire l'amour; au vingt maries-louises d'or qu'il devait à un de ses officiers; puis à nouveau à sa mort.

Le colonel Basdevant, qui avait pris un ascendant sur les témoins, annonça qu'il fallait se préparer. On arma les pistolets et on plaça comme barrière de séparation deux manteaux à vingt pas de distance.

Les adversaires tirèrent au sort les pistolets sans se regarder. Philippe hérita celui à la détente franche. Il allait gagner sa barrière lorsque Tony s'adressa à lui à voix basse de manière à n'être entendu que de lui seul :

« Vous vous en tirerez peut-être. Mais vous n'en aurez pas pour autant fini avec moi. J'ai dit que vous étiez sans honneur. Je ne parle jamais à la légère. Les preuves, je les ai ici dans ma sabretache. Si je meurs, dans six jours elles seront à Paris. » Il ricana : « Dans six jours... fini les privilèges, aujourd'hui tout se paie. »

Philippe haussa les épaules. Quand il arriva à la barrière la fureur l'avait déconcentré. « Quelles étaient ces preuves? Avait-il manqué à l'honneur? Comment Tony pouvait-il le savoir? Soudain Philippe dans un éclair comprit à quel épisode Tony faisait allusion. Il se sentit pris dans un piège. Il serra la crosse de son pistolet. « Il faut que je le tue. » Et déjà il estimait la distance à laquelle il devrait tirer.

« Messieurs, êtes-vous prêts? »

L'ordre claqua.

« Rapprochez-vous! »

Philippe distinguait parfaitement les traits de son adversaire qui avançait, mâchoires serrées; ses yeux gris clair se fondaient dans son visage. Philippe voyait la barrière se rapprocher : à chaque pas, il s'interrogeait sur l'issue que lui réservait le destin.

A un léger frémissement, il comprit que Tony allait tirer. Il leva le bras et visa au cœur. Les deux détonations se confondirent. Tony porta la main à son épaule et s'affaissa dans l'herbe. Les témoins se précipitèrent. Tony essayait de se relever. Il fallut le maintenir couché. Avec difficulté on lui retira son dolman. Une tache de sang s'épanouissait sur sa chemise. On la déboutonna. Le sang coulait sur les poils noirs de sa poitrine. Au bout de quelques instants, il se mit à jurer. Il cria dans la direction de Philippe :

« Nous nous retrouverons. Je vous aurai. »

Philippe quitta la prairie accompagné de ses

témoins. Il avait le visage trempé : une pluie fine tombait à laquelle personne n'avait prêté attention. Il respira à pleins poumons, puis monta dans la berline. « L'imbécile, dit-il à ses témoins, qui peut songer à l'avenir dans les temps que nous vivons ? » Surexcité, il ne cessa de parler pendant le trajet. Vienne dans le petit matin lui apparut comme une ville de rêve.

14

Un vent aigre et glacé sifflait sur la plaine dénudée de Moravie ; quelques arbres tendaient leurs moignons noirs dans le ciel d'orage. Il tombait de la neige fondue. Henri, fourbu, attendait la soupe qui cuisait tant bien que mal sur du bois mouillé qui chuintait. Assis sur de la paille sèche, à l'abri d'un muret, il pensait à Julie. Pour la première fois sans haine. Les souvenirs qui lui revenaient étaient seulement nimbés de tristesse. Comme s'il évoquait le bonheur que lui avait donné une morte. Il se revoyait près d'elle devant un feu dans la cheminée, dévorant ces romans anglais qu'ils traduisaient ensemble : comme ils compatissaient aux malheurs de Clarisse Harlowe subornée par l'abominable Lovelace, comme ils riaient des satires de Tobias Smollett et de son héros niais, Humphrey Clinker! L'anglais était leur langue complice, un univers à eux qu'ils exploraient et reconstruisaient à l'écart du monde. Alors entre eux quelle confiance absolue! Elle était tout pour lui : à la fois sa sœur, son amie, son épouse, sa maîtresse. Il n'imaginait pas la vie sans cet amour qui chaque jour lui paraissait un miracle. Il la comprenait avant qu'elle n'ouvrît la bouche. Elle lisait à livre ouvert sur son visage. Et leur ressemblance ne se limitait pas à leur conception de la vie, à leurs goûts, aux jugements qu'ils portaient sur les êtres, mais à leur sensibilité profonde. Unis comme seuls peuvent l'être un frère et une sœur. Par la chair, par le sang.

Quelle passion, quelle ferveur il vouait à son corps parfait aux muscles durs comme celui d'un adolescent. Pendant l'amour elle entrait dans des transes qui l'effrayaient. La femme sage des apparences, la mère affectueuse devenait un corps en furie secoué par des forces obscures. Sa jouissance lui inspirait de la peur. Était-ce bien lui qui la déchaînait? Se lasserait-elle de ses caresses, l'aimerait-elle toujours? Un autre homme la posséderait-il? Quelle souffrance abominable à cette idée. L'angoisse affolait le désir qu'il avait d'elle. Que de nuits passées dans un hallucinant délire des sens! Il lui semblait qu'il n'était plus rien, que les lèvres, le sexe de Julie ne lui appartiendraient jamais, qu'il ne la dominait pas plus qu'une cavale emballée : alors tout est possible, on voit défiler des ombres parentes de la mort.

Ce que Julie exigeait parfois pendant l'amour lui paraissait monstrueux. Elle aimait la violence, les coups, les injures. Il répugnait à la frapper. Comment frapper qui on aime? Sa main ne pouvait se lever sur elle. Dans ses yeux il croyait lire une expression de mépris. Il avait peur de descendre vers l'enfer. Non, il était incapable de la battre, pas plus qu'il n'aurait pu battre sa mère. Il pouvait l'étouffer de caresses, d'étreintes, il ne voulait pas la meurtrir. Pourquoi l'amour enferme-t-il de telles folies?

A ces souvenirs, Henri recommença à souffrir. La jalousie, la haine de Tony le dévoraient. Il se leva et fit quelques pas à l'écart du bivouac. Non, jamais il ne retrouverait le bonheur auprès de Julie. Il faudrait remonter le cours de trop de souffrances, de trop d'humiliations. Il était condamné à ne plus la revoir. Tandis qu'il réfléchissait, une sensation de brûlure dans le bas-ventre lui arracha un gémissement. Voilà plusieurs jours qu'il souffrait. Au début il ne s'inquiétait pas : il croyait à une irritation provoquée par la marche. Mais le mal empirait. La brûlure dans la verge devenait de plus en plus vive. Se soulager tenait du supplice. Un écoulement jaunâtre, couleur de soufre et de pus, mouillait sa cuisse en permanence et dégageait une odeur âcre. Il n'osait en parler à ses camarades, peur d'être la risée de la compagnie. Après la soupe, recroquevillé devant le feu du bivouac qui lui cuisait le visage, le dos gelé, il s'endormit avec le sentiment que son corps se putréfiait.

Le lendemain, au réveil, il aperçut le jeune tambour roux qui se rasait. Il l'entraîna à l'écart et lui expliqua de quoi il souffrait. Un sourire s'épanouit sur le visage joufflu du Ressuscité.

« Tu t'es fait plomber, c'est sûr. Ça m'a tout l'air d'une chaude-pisse! »

Le soir même Henri se rendit à l'ambulance. Il fit plus de deux lieues pour rejoindre le village où elle cantonnait. Dans une grange où s'entassaient des blessés, il trouva le chirurgien, un gaillard jovial, à la moustache brune.

« Ah, toi aussi », s'exclama-t-il lorsque Henri eut expliqué son cas. Et s'adressant à un de ses aides : « Prépare-moi une bonne dose de mercure. »

L'aide revint bientôt armé d'un petit clystère.

« Allez, déboutonne-toi! »

Henri s'exécuta. Le chirurgien lui introduisit la canule du clystère dans le méat.

« Respire un grand coup! »

A l'instant où Henri emplissait ses poumons, on lui injecta le contenu du clystère : ce fut une douleur terrible comme si les flammes de l'enfer descendaient dans son bas-ventre.

« Voilà, dit le chirurgien, dans trois jours tu seras guéri. Allez, va et ne pèche plus. » Il éclata d'un gros rire.

Henri quitta le village et emprunta un chemin de terre détrempé d'où surgit un train de prolonges d'artillerie et de caissons conduits à grandes guides. Il dut se jeter dans un fossé pour ne pas être écrasé. Il ne rejoignit le bivouac qu'à la nuit tombante. Les soldats étaient enroulés dans leur manteau sur de la paille mouillée. Les fusils croisés en faisceau, éclairés par les feux, dessinaient de grandes ombres. Henri mangea du pain de munition trempé dans la soupe tiède. Il se sentait avili, rongé par la vermine et la chaude-pisse. Il revoyait le regard fixe et dur de la fille d'Ulm qui l'avait infecté. La vie n'était que pourriture. Il eut du mal à s'endormir. Dans la nuit, il fit un rêve affreux. Il cherchait sa mère : il l'appelait mais elle le fuyait. Il poussa un cri qui le réveilla.

15

Après s'être fait à nouveau charcuter le bras par le médecin juif, Philippe se rendit au 4, Universitätplatz. La maison respirait l'opulence. La baronne l'attendait dans le salon. Les meubles, les trumeaux, les glaces, tout scintillait : les fournitures militaires avaient payé ce luxe tapageur. Ce mobilier de prix ne se souvenait pas plus des obscures prévarications qui l'avaient hissé dans cette demeure qu'un diamant sur le cou d'une jolie femme des boyaux du nègre qui l'a dérobé. La baronne, vêtue d'une robe de percale blanche, lisait allongée sur un sofa bleu. Philippe fut déçu en la revoyant : elle était toujours séduisante mais son visage à la lumière du jour se révélait plus commun et légèrement couperosé. Ce n'était plus l'impérieuse et mystérieuse goélette traversant les fumées du palais Kaunitz, mais une bourgeoise viennoise à l'amabilité sucrée. Moins inaccessible, elle n'en restait pas moins désirable. Ses mystères envolés, elle apparaissait comme une fille généreuse et voluptueuse que l'argent avait tirée d'une boutique et installée dans un palais où elle s'ennuyait auprès d'un petit mari vaniteux et concussionnaire.

Elle s'enquit de sa blessure avec sollicitude et lui tendit un papier portant l'adresse d'un médecin. C'était doux, après tant de privations, de trouver dans une ville étrangère une femme belle et bienveillante, à la poitrine orgueilleuse qui frémissait d'émotion.

Philippe demeura un peu moins d'une heure avec elle. Ce qu'ils se dirent avait moins d'importance que ce qu'ils savaient déjà : ils se plaisaient. Les propos badins, les galanteries, les anecdotes et quelques fadaises qui firent l'essentiel de leurs propos ne les intéressaient guère : c'était l'impôt qu'ils acquittaient aux convenances. Ils se sentaient l'un et l'autre étourdis par cette griserie de plaire à qui vous séduit.

Philippe prit congé.

« Vous reverrai-je bientôt?

– Quand vous voudrez.

– Ce soir par exemple.

– Ce soir! Ce ne serait pas très convenable, dit-elle avec un sourire mutin. Mais je ne suis pas une femme convenable. »

Le soir, elle se fit déposer dans son entresol du quartier de Hietzing. Le hussard servit un souper préparé par un traiteur. Ils burent du vin de Champagne et se parlèrent avec la liberté et la gaieté de ceux qui savent qu'ils n'ont plus à jouer la comédie, que les dés sont jetés et qu'ils ne se sépareront pas sans être amants. Il la prit dans ses bras et posa ses lèvres sur sa nuque. Elle s'abandonna sans chichis comme si elle l'avait toujours connu. Philippe trouva sous sa robe de soie un buste parfait qui s'alourdissait vers les hanches, une maîtresse plus affectueuse que les Italiennes, plus voluptueuse que les Allemandes. Il s'endormit épuisé sur son épaule nue tandis qu'elle lui caressait le front. Elle quitta l'entresol au milieu de la nuit, sans le réveiller.

16

Un cheval mort surgissait de la neige, les jambes raides et calcinées, comme disloqué par la foudre : un boulet l'avait pris de plein flanc, le vidant de ses entrailles sorties dans un bouillonnement de viscères. Sous le cuir de l'épaule écorchée apparaissait une membrane d'une couleur tendre et nacrée. La nuit commençait à l'envelopper, recouvrant d'ombres le champ de bataille, les myriades de cadavres empanachés, les caissons éventrés et fumants, les sacs blancs des fantassins russes abandonnés avant la charge. Des files de soldats à l'air hâve et harassé regagnaient leur compagnie. On emportait des blessés qui gémissaient. Des maraudeurs cherchaient n'importe quoi.

Philippe, accompagné de son hussard, traversait à cheval le champ de bataille devenu lugubre. Après une telle débauche d'énergie, une animation fantastique de couleurs, un tumulte d'apocalypse, tout rentrait dans l'ordre du silence et de l'obscurité. Il cherchait ses cavaliers qui manquaient à l'appel. Sur un signe de lui, le hussard mettait pied à terre, s'approchait d'un moribond et levait sa tête vers lui. S'il était encore temps, il le signalait à l'ambulance. Puis ils continuaient leur chemin sur la plaine dévastée. Quel nom serait donné à cette terrible bataille : Olmutz? Pratzen? Austerlitz? Philippe l'ignorait. Il faudrait attendre les bulletins ou les gazettes de Paris. Il avait le pressentiment qu'il allait retrouver son frère, blessé, peut-être mort. Il avait beau se dire que c'était impossible, que des milliers d'hommes avaient été engagés, à chaque instant il s'attendait à découvrir son corps dans la neige. La même certitude que lorsqu'il le cherchait sur les dalles de marbre de la morgue.

Soudain il vit le cadavre d'un grand capitaine de chasseurs. Il tressaillit : Tony! Ils s'approchèrent. Le hussard mit pied à terre et souleva la tête par les cheveux. Philippe se pencha pour l'examiner : ce n'était pas Tony. Le malheureux avait reçu un coup de sabre qui lui avait ouvert la gorge. Philippe soupira, déçu.

La nuit devenait si obscure qu'il fallut renoncer aux recherches. Les chevaux faisaient des écarts pour éviter les corps. On apercevait les lanternes fantomatiques des ambulances. Des plaintes leur parvenaient, douces et insistantes, semblables à des glapissements de chiots ou aux gémissements de quelqu'un qui rêve.

Dans le lointain, au-dessus du plateau de Pratzen, des feux de bivouac trouaient la nuit. Philippe voyait défiler les événements de cette journée : ses oreilles bourdonnaient du sifflement des balles, de l'ébranlement titanesque des canons – leur chuintement et ce bruit mat de la pénétration dans les corps.

La pluie tombait dru lorsqu'ils arrivèrent aux hôpitaux de fortune installés dans des écuries sur la route de Brünn. Spectacle d'enfer. Des chariots bâchés déversaient leurs moribonds gémissants. A la lumière des torches, les chirurgiens s'affairaient au milieu d'une nuée de blessés allongés sur la paille mouillée. Ceux du dehors rampaient dans la neige pour tenter de gagner une place.

Philippe sauta de cheval et traversa la vaste salle, dévisageant les blessés. Pourquoi ne parvenait-il pas à se défaire de la certitude qu'il allait retrouver son frère? Plus il avançait et plus le spectacle des amputations l'éprouvait. Il marcha sur quelque chose de mou et d'inerte qui lui procura une sensation désagréable : c'était un bras que l'on venait de couper. Il quitta ce lieu qui empestait l'eau de Cologne et la gnôle, et remonta à cheval.

17

La paix de Presbourg signée quelques jours après la bataille d'Austerlitz, Philippe regagna Vienne où il passa une semaine avec la baronne Dachstein. L'espoir de retrouver son frère ne le quittait pas : chaque matin il visitait les hôpitaux. Quand vint le jour du départ, la baronne se présenta chez lui habillée de pied en cap. Elle l'accompagna jusqu'à Munich : ils se retrouvaient chaque soir à l'étape. Leurs adieux à Munich laissèrent à Philippe une impression triste : malgré les serments échangés, il doutait de revenir jamais à Vienne. Cette femme aimante serait sans doute sa dernière passion. Il aspirait à se fixer. La vie errante qu'il avait menée lui faisait envier les douceurs d'un foyer. Tout le convainquait d'épouser Lucie de Lussay. Il en aimait la baronne avec d'autant plus d'ardeur. Il la quitta en lui promettant de revenir. Elle pleura en l'accompagnant aux portes de la ville. Une semaine plus tard, par un froid sec, Philippe se retrouva à Paris, fortifié dans ses résolutions de sagesse.

Henri ne souffrit pas de la bataille d'Austerlitz. Sa compagnie, en réserve sur la route d'Olmutz, n'eut pas à intervenir. Après un bref séjour à Vienne, les troupes, par petites étapes, prirent le chemin du retour. A Munich, il se porta volontaire pour compléter un contingent qui demeurerait en Bavière à la demande du Grand Électeur. On lui désigna son cantonnement dans le petit bourg d'Eching sur le lac Ammet. Le bourgmestre lui délivra un billet de logement chez un boulanger. De sa chambre où flottait une rassurante odeur de farine, il apercevait le lac par une petite lucarne.

Le premier jour, alors qu'il devisait avec son hôte sur le pas de la porte, profitant d'un après-midi ensoleillé rare dans cet hiver rude, une jeune femme vint livrer des sacs de farine sur sa charrette, accompagnée d'un commis d'une douzaine d'années et d'une fillette de quatre ou cinq ans. Elle avait un visage sérieux et grave, des traits purs et une belle poitrine. Elle regarda Henri avec une expression douloureuse.

Quand elle fut partie, Henri interrogea le boulanger. C'était la femme du meunier mort à

Amstetten, deux mois plus tôt. Et il désigna de la main le moulin sur la Blau, une rivière qui se jetait dans le lac.

Bientôt, chaque soir, Henri prit l'habitude de passer la soirée au moulin après avoir conduit la charrette chez le boulanger. Parfois, quand il prenait la petite fille sur ses genoux, il pensait à Charles, son fils, et ce souvenir le déchirait. Ses journées coulaient paisibles, monotones, avec des parties de pêche sur le lac et des soirées douces entre les bras d'une femme. Il pensait de moins en moins à Julie et à son retour en France. D'une certaine manière, il avait l'impression d'être un convalescent.

Troisième partie

L'AVENTURE POLONAISE

1

C'était un beau paysage encaissé de montagnes et de forêts. De la masse vert sombre des sapins s'élançaient les longues flammes rousses et jaunes des érables et des peupliers. Le soleil traversant le léger voile de brume exaltait les couleurs mortes de l'automne. Henri marchait en queue de colonne dans l'air humide qui sentait la mousse et les fougères. Le lourd harnachement militaire pesait sur ses épaules. Il mâchonnait une herbe au goût sucré. La discipline retrouvée ne lui déplaisait pas. L'ordre de départ l'avait arraché à son existence doucereuse sur le lac Ammet, avec laquelle il n'aurait sans doute pas eu le courage de rompre de lui-même. Pourtant il s'y ennuyait. Neuf mois d'une vie paisible, un calme plat, la monotonie, cela ressemblait à une lente asphyxie. Il avait épuisé tous les charmes de ce petit monde borné par le lac, le moulin, la charrette, les sacs de farine et le corps tendre et fade d'Ingrid, la femme du meunier. De cette époque molle, dans un repli énervé de la vie, il gardait le souvenir de n'avoir été ni heureux ni malheureux, comme s'il avait seulement usé les jours d'un long intermède.

A Eching, une seule distraction l'occupait : nager. Le lac Ammet était si vaste que certains jours on n'apercevait pas la rive opposée. L'eau et le ciel confondaient leurs teintes d'un gris bleuté. Chaque matin, Henri se glissait dans l'eau glacée. Il nageait jusqu'au bout de ses forces, faisait le bouchon au milieu du lac et revenait à la brasse. Avec les beaux jours, l'eau devenait tiède et douce comme de l'huile; les rives exhalaient une odeur de tronc pourri et de fleurs décomposées. Le soleil incendiait le vaste plan liquide. Chaque fois, le bain d'Henri durait plus longtemps. Il ne se résignait à regagner la berge qu'épuisé. Il se séchait sur l'herbe ou sur les planches chaudes des petits débarcadères qui sentaient le poisson, observant par le jour des travées le ballet des truites et des brochets.

Parfois, à l'improviste, un sentiment d'accablement fondait sur lui. Des idées noires l'obsédaient. Rien ne pouvait l'en distraire. Il fuyait toute compagnie et se réfugiait à l'écart, désemparé, recroquevillé sur un mal diffus dans tout son être. Il demeurait allongé dans sa chambre, fixant par la lucarne les gros nuages qui défilaient. Il pensait à Julie. Son image lui était si cruelle qu'il avait envie de se cogner la tête contre le mur. Il souffrait non pas des horribles visions d'adultère qui peu à peu cessaient de l'assaillir, mais du seul rappel de son existence, comme si un nerf sensible et douloureux le reliait toujours à elle par-delà l'espace et le temps.

Maintenant c'était la guerre. Les marches de nuit dans les forêts de la Thuringe, la recherche d'une pitance, le bivouac dans la rosée, la chaleur de la camaraderie retrouvée balayaient les états d'âme. On allait affronter les Prussiens, peut-être même les Russes.

Comme la compagnie dévalait une pente boisée, le bruit du canon gronda dans le lointain. Rien n'était inquiétant comme ces marches en sous-bois à l'ombre des pentes abruptes des montagnes. Les dragons débouchèrent des sapins et, à découvert, commencèrent à franchir le défilé. Ils n'avaient pas fait dix pas qu'une salve de mousqueterie éclata, suivie d'un bruit de mitraille.

Henri se jeta dans l'herbe et attendit les ordres. Il ne distinguait aucun ennemi. Ce passage subit de la paix à la guerre lui donnait un sentiment d'irréalité. Des armes étaient-elles vraiment pointées vers lui? Il ne pouvait le croire. Tout paraissait redevenu si calme, le silence si profond! A quelques pas de lui, il aperçut un corps immobile. Il rampa vers lui : c'était le prévôt qui lui avait sauvé la vie en le repêchant de la rivière. Étendu mort, sur le dos, les bras en croix, le visage figé dans une expression d'ours triste. Il ne sauverait plus personne. Ainsi Henri ne rêvait pas. Le capitaine, d'une voix tonitruante qui résonna dans le défilé, ordonna l'assaut. Henri l'aperçut qui courait sabre au clair, suivi par la compagnie surgie d'on ne savait où. Les tambours battaient la charge. Henri s'élança à la suite de ses camarades.

Soudain retentit une déflagration de tonnerre. Henri eut l'impression qu'un coup de poing venait de frapper sa poitrine. Immobile, le souffle coupé, il vacilla et laissa tomber son fusil. Stupéfait, il cherchait des yeux autour de lui quelqu'un qui pût le renseigner sur ce qui lui arrivait. Il vit ses camarades qui poursuivaient leur charge. Alors seulement il comprit qu'il était touché. Une faiblesse immense s'abattit sur lui. « Voilà, se dit-il, je suis mort. Comme c'est facile. » Il s'effondra et glissa dans un monde cotonneux de silence.

2

La lune éclairait d'une lueur tragique un rempart de nuages déchiquetés semblables à des blocs de montagne projetés dans le ciel. Philippe s'était perdu dans un lacis de chemins forestiers. Il atteignit enfin un bourg. Sur la place encombrée de chevaux et de voitures, des soldats se réchauffaient devant les feux de bivouac. Dès qu'il mit pied à terre la fraîcheur de la nuit posa sur ses épaules une chape de glace. Il pénétra dans la première maison venue en s'éclairant avec un brandon enflammé. Une odeur animale stagnait dans la pièce. Une quinzaine de vélites ronflaient, étendus sur de la paille. Dérangés par la lumière, ils poussèrent des grognements. Philippe sentit sous ses pieds une matière inhabituelle, douce et souple. Il s'éclaira : plusieurs matelas éventrés couvraient le sol d'un épais tapis de plumes et de duvet. Il éteignit son brandon, poussa un grand diable et installa son portemanteau. Par les vitres, les lumières des bivouacs projetaient des ombres sur le mur.

Philippe ne parvenait pas à dormir. Ce n'était pas les ronflements qui l'en empêchaient – il avait l'habitude –, mais l'excès de fatigue. Il avait galopé toute la journée pour rallier le 5e chasseurs. En vain. On avait perdu sa trace. Murat serait furieux. A l'aube, il pousserait jusqu'à la Saale : la chance lui sourirait peut-être. Il songeait à sa conversation avec le brave colonel Dery qui l'avait convaincu d'entrer à l'état-major de Murat, répondant à ses hésitations par une bourrade dans l'épaule et un sourire gaillard. « Allez, colonel dans six mois, général dans un an. » C'était mal parti.

Murat menait ses officiers comme lui-même, à un train d'enfer. Ses manières bien sûr étaient baroques. Chez un autre, elles eussent paru insupportables. A lui, on les pardonnait à cause du courage, de cette folie dans le courage qui le rendait inhumain. Philippe admirait son nouveau chef, mais un scrupule retenait son adhésion totale. L'excentricité de Murat le gênait moins que sa perpétuelle esbroufe. Pourquoi un capitaine aux talents si exceptionnels éprouvait-il toujours le besoin d'en rajouter comme un vulgaire fanfaron de tripot? L'homme gagnait à être vu de loin, enveloppé de sa légende; de près, la vanité gâtait tout.

Philippe se plaisait dans cette atmosphère de guerre qui, dans la vie d'un homme, n'est comparable à aucune autre. Une existence en suspens, au jour le jour, sans vrais projets, à la fois intense et superficielle, où à force de se soucier des petites misères on finit par ne plus s'inquiéter des choses essentielles. Chaque jour se suffit à lui-même. Sans passé, sans avenir, on se sent léger. Cette vie précaire, où va-t-elle? Personne ne s'en soucie. On n'est sûr ni de son lit, ni de son pain, ni même de sa peau. Philippe ne pouvait trouver de meilleur dérivatif aux incertitudes de ses amours que neuf mois passés à Paris n'avaient pas simplifiées. Il avait revu ses petites actrices tout en s'empêtrant dans des promesses de mariage avec Lucie de Lussay. Il ne pouvait se résoudre à renoncer à rien. Il lui semblait qu'il avait le temps. Quant à la baronne Dachstein, leur correspondance s'espaçait. Le silence se refermait sur eux. Peut-être, s'il retournait à Vienne... Curieusement, c'était au moment où cette liaison finissait qu'on commençait à en faire des gorges chaudes. Personne à l'état-major ne parlait jamais de Vienne sans lui adresser un clin d'œil goguenard.

« Colonel dans six mois, général dans un an. » Étrange comme il se montait la tête et montrait de l'ambition pour des distinctions auxquelles, au fond, il ne tenait pas. Mais à quoi tenait-il vraiment? Un boulet s'interposerait peut-être entre lui et ce rêve de carrière, un de ces boulets qui passaient au-dessus des lignes en sifflant comme des bouilloires. Ce sifflement provoquait une sensation étouffante, une ivresse insupportable. On venait de lui rapporter l'histoire d'un conscrit de dix-neuf ans qui avait eu une crise de nerfs après l'attaque d'une batterie. Il criait : « J'en ai assez, je ne veux plus entendre le *brutal* », et courant se réfugier derrière une cabane il s'était tiré une balle de fusil dans la tête.

Et Henri? Pourquoi Philippe pensait-il à lui à propos du jeune conscrit? Il avait beau le savoir vivant, il ne pouvait se défaire de l'idée de sa mort. Pour lui, Henri appartenait à un autre monde, celui des ombres. Bientôt Philippe s'endormit. A la pointe du jour, la sonnerie glacée de la diane le réveilla en sursaut comme si on lui jetait un seau d'eau dans les oreilles.

3

Les berlines s'arrêtaient en grinçant devant les grilles du parc où se formait un attroupement de badauds. Les invités empruntaient les fragiles galeries transparentes qui, à travers les jardins illuminés, conduisaient à la « folie » du financier Ledoux. Des centaines de lampions soulignaient la beauté et la profusion des haies de fleurs exotiques. Les faisceaux de lumière qui pianotaient sur les parures de diamants rehaussaient la richesse des toilettes. Les femmes avançaient avec lenteur dans les galeries pour ne pas brusquer l'admiration qu'elles provoquaient, masquant leur émotion sous un air impassible, un regard morne et lointain. Leurs larges décolletés offraient leurs poitrines aux regards. Dans la clarté indécise du serein, la « folie » ressemblait à un décor peint par Cicéri. Elle s'élevait entre ciel et terre comme une île de lumière que les invités s'empressaient d'atteindre, de peur d'être abandonnés dans la nuit.

On accédait par les salons à la salle de spectacle dressée sous une tente. Les invités se saluaient avec une gaieté factice et bruyante. La maîtresse de maison, une dame grassouillette et sans beauté, les épaules dissimulées sous un châle oriental *à la Joséphine*, affichait un pauvre sourire de circonstance : elle avait découvert, la veille, que son mari entretenait une maîtresse à grands frais. Celui-ci, tout en accueillant les arrivants, couvait sa femme du regard et lui témoignait des attentions inhabituelles dans l'espoir d'écarter la menace de voir sa fête gâchée par une crise de larmes.

On remarquait Julie vêtue d'une robe pervenche aux délicates torsades. Deux pendants d'oreilles en saphir jetaient autour de son visage des lueurs bleutées. Très entourée, le regard absent, elle répondait d'un air distrait aux personnes qui la félicitaient de sa nomination comme dame d'honneur de l'Impératrice. Elle semblait assister à la fête plus par devoir que par plaisir. Lucie de Lussay, qui l'avait aperçue et qui comme à chaque fois qu'elle la voyait sentait son cœur battre, tenta de se frayer un chemin pour s'approcher d'elle, mais son beau-père la retint pour la présenter à une connaissance.

Des acteurs du Théâtre-Français jouèrent un impromptu dont on n'eut pas la curiosité de demander l'auteur, et que du reste personne n'écouta. Les femmes étaient trop occupées à se toiser et à se détailler dans cette frénétique compétition d'élégance. Quant aux hommes, engoncés dans leurs costumes d'apparat, ils paraissaient au milieu de si jeunes femmes vieux et fatigués. La jeunesse était en Prusse. Elle manquait avec ses uniformes flamboyants et ses visages ardents. Son absence rendait la soirée un peu lugubre, réduisant les femmes à s'observer entre elles sans espoir de provoquer une de ces grandes passions, ou simplement un désir d'homme, qui sont le principal piquant de ce genre de fête.

On ouvrit le bal. Plusieurs orchestres disséminés dans les salons jouaient des airs à la mode. Ici on dansait la valse, là le quadrille. L'échauffement rendait les invités moins compassés. Lucie de Lussay parvint enfin à rejoindre Julie : elle parlait avec un bel Italien, le jeune comte Ambrosio Da Canal, qui levait vers elle des yeux humides, brillants et doux, comme ceux d'une biche. Elle avait dansé plusieurs valses avec lui. Lucie la rejoignit au moment où le baron O'Harty, le protecteur de Tony, allait aborder son amie. Julie déjoua la manœuvre en tournant les talons et en entraînant Lucie à l'écart : geste que celle-ci interpréta comme un témoignage d'amitié.

Julie d'un geste gracieux releva un accroche-cœur sur son front et soupira :

« Quelle chaleur, n'est-ce pas, avec toutes ces danses j'ai la tête qui tourne! »

Lucie rougit : elle n'avait pas dansé. Elle n'était pas jalouse de Julie et acceptait même sans déplaisir sa suprématie. D'ailleurs elle aurait volontiers abandonné tous les succès à la condition qu'on lui accordât la seule revanche qui d'avance la consolait de toutes ses humiliations : épouser Philippe. Apporter aux yeux de tous une preuve éclatante d'être aimée était toute son ambition. Mais pourquoi avait-elle tant de mal à arracher à Julie quelques mots sur Philippe? Parler de lui, ne serait-ce qu'un instant, aurait suffi à embellir sa soirée. Julie ne voulait rien entendre et se cantonnait dans les généralités. Lucie attendit en vain qu'elle prononçât le nom de Philippe. Le jeune comte Da Canal les interrompit pour inviter Julie à danser. Sous l'effet du punch dont il avait abusé, ses manières devenaient brusques. La pupille de ses yeux humides, brillants et doux, se dilatait et lui salissait le blanc de l'œil. Un fond de veulerie apparaissait sur son visage. Lucie, déçue, regarda Julie s'éloigner : on la frustrait du seul bonheur de sa soirée.

La fête se poursuivit jusqu'à minuit. Lucie dansa sans entrain. Dans la berline qui la raccompagnait à Paris, face à sa mère et à son beau-père, terrible bavard, elle s'abandonna à des pensées moroses. Quand elle aperçut les lumières de Paris au bas des collines de Chaillot, le sentiment de sa solitude la saisit. « Au fond, se dit-elle, si Philippe mourait, au moins je cesserais de penser à lui... Je pourrais vivre. Tandis que je l'attends peut-être pour rien. »

4

Henri ouvrit les yeux : un rocher moussu s'élevait à quelques centimètres de son visage. Il baignait dans l'odeur âcre de la poudre, les membres sans force. Il avait la sensation d'être plaqué contre le sol par une force mystérieuse qui pesait d'un poids très lourd sur son épaule et la comprimait. Peut-être avait-il heurté le rocher dans sa chute? Il tenta de se relever: seul son bras gauche se mouvait; le droit restait obstinément collé à son corps. Il tourna la tête et aperçut avec effroi une large tache de sang qui suintait à la hauteur de l'aisselle. Un sentiment de panique le saisit. La blessure était-elle mortelle? Devrait-on lui amputer le bras? Il reposa son front sur l'herbe sèche, épuisé par l'effort: il perdait son sang et personne ne lui venait en aide. Le laisserait-on mourir ainsi?

Une fusillade nourrie éclata, suivie de cris victorieux qui retentirent dans le défilé: les dragons venaient de massacrer les servants de la batterie.

Quelques instants plus tard, une nouvelle fusillade. Henri vit passer en courant les dragons de sa compagnie en pleine débandade. Ce fut alors que le brigadier Pidoux le découvrit et l'aida à se lever.

« Il faut fiche le camp, les Prussiens contre-attaquent! »

Henri, debout, fut pris d'une extrême faiblesse. Il se mit à marcher avec difficulté en s'appuyant sur le brigadier. Il était en sueur. Chaque pas sur le sol rocailleux lui coûtait un effort terrible. Son bras pendait, lamentable, comme un membre mort. Henri perdait beaucoup de sang. Il sentait le liquide chaud couler sous sa chemise, faire une poche à hauteur du ceinturon et s'insinuer le long de sa cuisse. Bientôt sa chaussure droite en fut pleine : à chaque pas un jet de sang en giclait avec un clapotement.

Après dix minutes de souffrance, Henri à bout de forces demanda au brigadier un instant de repos.

« Si tu t'arrêtes, tu ne pourras plus te relever. Allez, tiens bon ! »

Ils marchèrent près d'une heure dans les éboulis de rochers, puis dans les sentiers forestiers, avant d'atteindre une ferme aux abords parsemés de blessés.

« Allez, un dernier effort, nous y sommes ! »

Henri se laissa tomber dans l'herbe au milieu des hommes ensanglantés sans avoir la force de remercier le brigadier et attendit qu'un chirurgien vînt le panser. Les infirmiers allaient et venaient mais aucun ne se souciait de lui. Un sentiment d'injustice et d'abandon lui mordait le cœur. Il héla un chirurgien qui passait.

« Vous me laissez crever comme un chien... faites quelque chose, bon Dieu ! »

Celui-ci eut un geste d'impuissance et continua son chemin. Henri hurla dans sa direction :

« Salaud... Bourreau... Salaud... »

De rage, Henri gratta la terre et la jeta vers les infirmiers en les insultant. Sa situation lui parut si désespérée qu'il se mit à pleurer. Épuisé, il se laissa retomber inerte sur le gazon.

Au bout d'un long moment, le brigadier

Pidoux revint accompagné d'un chirurgien à la mine patibulaire qui appela un de ses aides et assit Henri sur un cheval mort. De ses grosses mains aux ongles noirs, il déchira sa chemise ensanglantée et examina la blessure. Il incisa l'épaule au-dessus et au-dessous de l'entrée de la balle et demanda du linge à une grosse vivandière, qui s'exécuta en maugréant. Quand il sonda la blessure, Henri devint blême et commença à défaillir. Une sueur froide lui couvrait la tête et tout le corps. Le chirurgien lui tendit un gobelet d'eau-de-vie et la faiblesse cessa. Une moue se peignit sur son visage.

« La balle de mitraille a fait beaucoup de dégâts : un trajet de quatre pouces, trois fractures, la clavicule brisée. Ce serait un miracle qu'aucune artère n'ait été touchée. Dans trois jours, au moment du *détergement* du sang, nous serons fixés. Il ne reste plus qu'à espérer. »

Il essuya ses mains sanglantes sur sa blouse, rangea ses instruments et partit sans un mot. Le brigadier Pidoux aida Henri à se lever et le conduisit dans le potager d'une maison abandonnée. Il l'installa à l'abri d'un mur au milieu d'un carré de salades.

Henri ne tarda pas à s'endormir. Il ne s'éveilla qu'à la nuit. Une brume glacée tombait sur le jardin. Il grelottait. Le paysage lugubre ressemblait à l'antichambre de la mort. Il avait conscience qu'il allait mourir. Il cherchait ce qui pouvait le sauver. Il fixa de toutes ses forces une étoile dont le halo blême trouait la brume. Maintenant que tout allait finir, son existence lui apparaissait sous une lumière différente. Pourquoi l'avait-il gâchée? La jalousie, la passion lui semblaient aussi irréelles que d'absurdes cauchemars. Il s'étonnait d'avoir pu agir avec tant de folie. Le seul bien vraiment précieux, c'était la vie, la douceur de la vie. Il allait la perdre. Comme tout paraissait dérisoire en face de cette vague noire qui l'emportait Dieu sait où, seul, sans amis, sans parents, hors de cette terre étrangère, dans un monde plus étranger encore.

Il avait soif. Le pichet posé près de lui était vide. Il gémissait : « De l'eau, par pitié de l'eau. » Il allait mourir et il n'avait même pas d'eau. C'était injuste mais les forces lui manquaient pour se révolter. Dans une demi-inconscience, il sentit qu'on soulevait sa tête et qu'on lui tendait un bidon. Il but goulûment. L'eau avait un goût de terre.

5

Tony, furieux, marchait de long en large dans sa chambre de l'auberge des Trois Couronnes à Weimar, tenant à la main, froissés, les bulletins de la Grande Armée qui relataient les hauts faits des batailles d'Iéna et d'Auerstaedt. Il boitait car il n'avait encore chaussé qu'une seule botte. Il avait beau relire les bulletins dans tous les sens, on ne faisait aucune mention de son nom. Son escadron était cité avec six ou sept autres dans un engagement secondaire. De sa charge héroïque contre les cuirassiers d'Holzendorf au sud de Vierzehn-Heiligen, de la mise en déroute du corps d'Holenlohe, de tant d'actions éclatantes qui avaient ouvert le chemin de la victoire, il n'était même pas question. En revanche on ne se privait pas d'exalter la conduite d'un tas de médiocres plus connus pour leur zèle à lécher les culs de l'état-major que pour leur bravoure sur le champ de bataille. Rien ne changeait : toujours les mêmes dés pipés, les mêmes combines. Voilà à quoi servait de risquer tant de vies, de laisser sur le carreau tant de braves soldats : à permettre à quelques courtisans de récolter indûment leur gloire. C'était injuste, ignoble. Bien sûr, Philippe de Bercheny était cité avec une dizaine de ci-devant qui paradaient dans le sillage des maréchaux. Cette gloire dont d'autres allaient se prévaloir, elle lui faisait mal. On la lui volait. Et qui aurait le courage de dénoncer cette honteuse falsification ? Personne n'osait s'élever contre l'intrigue : cette putain commode avait trop d'amants heureux.

L'injustice lui paraissait d'autant plus cruelle que, depuis un mois, il s'était jeté à corps perdu dans la guerre. Il espérait trouver dans la gloire une compensation à ses déboires amoureux, ou du moins une ivresse qui l'en distrairait. Il aimait toujours Julie avec passion. Ses rebuffades, son dédain blessaient son amour mais ne le tuaient pas. Il ne pouvait se délivrer de l'espoir qu'un jour elle lui reviendrait. Plusieurs fois, au printemps, il lui avait écrit pour obtenir un rendez-vous. Elle lui renvoyait ses lettres. Il l'avait guettée rue du Petit-Vaugirard. Le bonheur de la voir un instant avait compensé la souffrance de son accueil glacé et de ses paroles pleines de reproche.

« Vous vous conduisez comme un enfant. Vous ne respectez ni ma famille ni mon malheur. »

Il avait pleuré après cette rencontre. Une émotion où se mêlaient la joie, la tristesse et la révolte. Puis, dans une maison de jeu du Palais-Royal, il avait noyé son chagrin dans le vin. La soirée s'était terminée par une bagarre et un duel à la clé. Il croyait qu'elle l'aimait encore et que s'il parvenait à franchir le barrage d'intransigeance derrière lequel elle se protégeait, il la retrouverait, tendre, douce, aimante, comme autrefois. Mais quand la reverrait-il?

On frappa à la porte de sa chambre. Tony ouvrit. Une estafette lui tendit un pli cacheté et une convocation à l'état-major du maréchal Berthier. Le pli contenait le brevet de colonel qu'on lui faisait miroiter depuis si longtemps, mais il n'était assorti ni du titre de baron ni de la dotation de quatre mille livres de rentes qu'on lui avait promis. Cette demi-mesure porta sa fureur à son comble : on lui volait sa gloire et on tentait de l'amadouer en lui accordant la moitié de ce qu'on lui devait. Il s'habilla à la hâte et se rendit hors de lui à l'hôtel de ville où se réunissait l'état-major.

Tout se passa alors comme dans un rêve. Tony entendit à peine les compliments qu'on lui adressait sur sa promotion. Il entrevit dans un brouillard la dizaine de généraux et d'officiers encore bouffis de satisfaction qui digéraient leur victoire. Soudain le maréchal Berthier, avec son gros visage, ses manières brusques et disgracieuses, ses ongles rongés jusqu'au sang, se planta devant lui et l'admonesta, lui reprochant avec dureté les frasques de son escadron, la veille, dans les rues de Weimar. Cette nouvelle humiliation, Tony ne put la supporter. Sa colère éclata. Il en oublia où il était et à qui il s'adressait.

« Je ne suis le domestique de personne. J'en ai par-dessus la tête de votre tyrannie tatillonne. Vous êtes un menteur. Voilà à quoi se réduisent toutes vos promesses! » Et il jeta son brevet dans la direction de Berthier.

Au silence qui suivit, à l'expression ébahie des visages, Tony eut l'impression qu'il venait de se précipiter dans le vide. Quand des murmures s'élevèrent, il reprit ses esprits et comprit qu'il venait de commettre une erreur irréparable. Il quitta la salle.

Dans la rue, il se sentit le cœur léger. Il était soulagé. Il se fichait des conséquences. Il se mit à chantonner. Il marchait depuis cinq minutes, l'esprit occupé par les pensées les plus diverses, lorsqu'il fut rejoint par le grand prévôt et un chef d'escadron de la gendarmerie d'élite. « J'ai ordre de vous arrêter. »

Le lendemain, en pleine nuit, on le tira de sa cellule et sous la garde de deux gendarmes d'élite, on le fit monter dans une berline qui devait le conduire en France : il était assigné à résidence à Sarlat avec l'obligation de se présenter trois fois par semaine au préfet du département.

Dans la voiture, Tony fut pris d'un fou rire nerveux. « Voilà, dit-il, j'ai brisé ma carrière. Mais je vais revoir Julie. Peut-être mon malheur la touchera-t-il? Peut-être aura-t-elle pitié de moi? »

6

Une odeur suffocante de fromage pourri empuantissait l'atmosphère. Dans le vaste manège de la garde royale de Leipzig, cinq cents blessés cuisaient dans leur jus, couchés sur de la paille qui, faute d'être renouvelée, se transformait en un immense matelas de fumier imbibé par les excréments, les vomissures et le pus. Les plus vaillants tendaient leurs visages de spectres barbus, troués de deux yeux rouges, pour aspirer un air moins vicié au-dessus de leur litière infecte. Les autres, les moribonds, ne bougeaient plus : leurs yeux fixaient le plafond d'où tombait une lumière boréale. Résignés, ils abandonnaient à la pourriture leurs membres rongés par la gangrène. Même la réconfortante odeur du cheval, si tenace dans les écuries, disparaissait sous la chape des miasmes aigres et pestilentiels. Le brouhaha des plaintes et des gémissements était déchiré par les hurlements des opérés qu'on amputait dans la sellerie. On finissait par ne plus y prêter plus d'attention qu'au mugissement du vent. Quatre chirurgiens, la blouse maculée de sang, prodiguaient des soins au hasard. Des religieuses en cornette blanche distribuaient du pain et un bouillon insipide. Dans un coin, un factionnaire borgne à l'air accablé et impuissant poussait une caisse à roulettes qu'il remplissait de fumier.

Henri sentait chaque jour ses forces diminuer. Il ne voyait pas quel miracle pourrait le sauver. Chacun ici attendait la mort. Ce pourrissoir n'offrait pas d'autre perspective. Les rumeurs d'un transfert à Francfort circulaient. Qui en bénéficierait? N'était-ce pas simplement changer d'enfer? La mort n'était plus une idée grandiloquente et terrible mais un paysage banal et grotesque de cadavres qu'on laissait sur place, qui fermentaient, émettant de sinistres pets, exhalant une odeur désespérante qui, la nuit, attirait les rats. Il fallait hurler, tempêter des heures pour décider les commissionnaires à enlever les corps. Mais ils léguaient pour longtemps leur odeur fade et écœurante. Sur la charrette cahotante qui le transportait à Leipzig, Henri avait cru atteindre le fond de la souffrance. Mais au moins pouvait-il respirer, voir le soleil, les arbres, emplir ses poumons et ses yeux des couleurs de la vie. Ici les morts semblaient peu à peu dévorer les vivants.

Ses dernières forces, Henri les employait à marauder de la paille sèche pour recouvrir la paille souillée, et à garder une provision d'eau suffisante. Avec l'affaiblissement, une sereine résignation à la mort l'enveloppait. Il songeait à sa mère qu'il allait rejoindre. Il la sentait proche, qui l'attendait. Il lui suffisait de fermer les yeux pour éprouver la douceur de sa peau, la tiédeur de son corps.

Alors naissait en lui le sentiment d'une paix que, seule, elle avait pu lui donner, qu'il avait cherchée en vain dans ses errances, une paix forte, invincible, dans laquelle il s'endormait peu à peu pour toujours.

Henri leva les yeux. A une cinquantaine de mètres, un capitaine de hussards s'avançait d'une démarche lente comme s'il cherchait quelqu'un. Il s'arrêtait, promenait un regard circulaire et poursuivait ses investigations. Henri le détaillait : cette démarche, cette allure lui étaient familières. L'homme se rapprocha et Henri crut être victime de ces hallucinations qui sont les prémices de la mort. Le hussard le fixa à son tour, lui parla et se précipita vers lui. Henri sentit son parfum qui lui sembla provenir d'un monde béni, sans souillures, un monde léger qu'il croyait ne jamais revoir. Il entendit prononcer son nom et mêla ses larmes à celles de son frère.

7

Enfoui dans un lit de plumes tiède, sous le dôme prospère d'un édredon, Henri, où qu'il étendît ses membres, éprouvait l'agréable sensation des draps rêches. De la fenêtre qui s'ouvrait sur la place de la cathédrale parvenaient les cris des enfants qui jouaient. Ces cris acides, plus encore que les rayons du soleil qui irisaient les vitres, donnaient une impression exaltante de belle journée d'automne. Depuis le matin, les chirurgiens défilaient à son chevet. Après avoir examiné et sondé la blessure, ils avaient déclaré l'amputation impossible. Il fallait laisser les plaies de l'épaule se cicatriser en espérant que la gangrène ne s'y mettrait pas. L'angoisse de l'amputation dissipée, Henri savourait le plaisir d'avoir échappé à la condition de rebut, d'être lavé, rasé, et de sentir sur sa peau la caresse d'une chemise fraîche.

Debout près de la fenêtre, son frère Philippe enroulait autour de son index, d'un geste machinal, la lanière de cuir de sa sabretache. La conversation languissait. Un sentiment de gêne pesait sur eux. Après avoir donné en détail des nouvelles de la famille, brossé un tableau des dernières victoires, Philippe soudain ne savait plus quoi dire. Il répugnait à aborder avec son frère des questions plus personnelles. En abandonnant ce ton dégagé comme si la fuite d'Henri et leurs retrouvailles étaient les choses les plus naturelles du monde, il craignait de réveiller des souvenirs pénibles et, surtout, de devoir parler de Julie. Il s'y serait résolu à contrecœur si son frère l'y avait invité, mais celui-ci n'en manifestait pas le désir. Le trop-plein des émotions qui les agitaient mais qu'ils ne pouvaient exprimer donnait à leur conversation un tour factice et superficiel qui les laissait l'un et l'autre insatisfaits. Après le bonheur de s'être retrouvés, les mots semblaient des interprètes maladroits.

Comme, malgré tout, ce silence devenait incongru, Philippe trouva un prétexte pour prendre congé après s'être assuré que son frère ne manquait de rien.

Demeuré seul, Henri, pour la première fois, songea à l'accueil qu'on lui ferait. Le ridicule de sa situation lui apparaissait. Il savait qu'il serait la fable des états-majors, qu'à Paris les gazettes s'en donneraient à cœur joie. Autrefois, il en aurait été humilié. Aujourd'hui, ce qu'on pouvait penser de lui dans le monde l'indifférait. Il se refusait à rendre des comptes à une société avec laquelle il avait rompu et dont, à distance, la futilité, l'afféterie l'exaspéraient. Bien sûr, on allait attribuer son geste à sa passion pour Julie, à sa jalousie, autant de sentiments qu'il n'éprouvait plus, et cela l'irritait. On le regarderait avec les yeux d'autrefois. On le jugerait sans savoir à quel point il avait changé. Reverrait-il Julie? Cette question, il ne se la posait pas. Il pouvait tout aussi bien se passer d'elle ou la revoir. La femme pour qui il avait souffert et voulu se tuer, tout comme lui-même étaient bel et bien morts. Cette double mort, où avait-elle eu lieu? Sur le Rhin, en embrochant le uhlan de Mervedt, avec la putain vérolée d'Ulm, entre les bras de la femme du meunier sur le lac Ammet, dans la pourriture de l'hôpital de Leipzig? Toutes ces étapes de la longue agonie du jeune homme qu'il avait été se dissipaient comme un cauchemar et le laissaient le corps blessé, mais avec un cœur neuf.

On frappa à la porte. Une robuste servante au tablier rouge apportait le dîner. La charcuterie et les pommes de terre chaudes fumaient dans l'assiette qui dégageait un parfum de cumin. Elle aida Henri à se redresser sur son lit. Dans son effort, celui-ci s'appuya sur son bras blessé. Une douleur térébrante dans l'épaule lui arracha une plainte.

8

Julie se préparait à partir pour prendre, à Mayence, ses fonctions de dame d'honneur de l'Impératrice, lorsqu'elle reçut une lettre de Philippe lui annonçant qu'il avait retrouvé Henri. Cette nouvelle la laissa pantelante au milieu de ses malles, de ses robes et de ses chapeaux. Sans balancer une seconde, elle décida de se rendre à Leipzig le lendemain. Quand tous les préparatifs de son nouveau voyage furent arrêtés, qu'elle eut prévenu ses parents et son beau-père, elle écrivit une brève missive au jeune comte Da Canal, qui devait l'accompagner à Mayence, pour le décommander. Alors seulement elle éclata en sanglots. Au moment où la providence exauçait son vœu le plus profond, toutes les inquiétudes qu'elle avait endurées l'assaillaient à nouveau. Elle était heureuse et anxieuse. Dans quelles dispositions allait-elle retrouver Henri? L'aimait-il encore?

Cette appréhension ne fit que croître tout au long du voyage. Julie mit trois jours pour atteindre Strasbourg. Ensuite le sort s'acharna sur sa voiture qui versa dans un fossé à la nuit tombante. Des paysans la dégagèrent avec peine et beaucoup de retard. Un essieu cassa entre Francfort et Wisbourg. Le changer prit une journée. A tous ces tracas s'ajoutait la désagréable promiscuité d'un commissionnaire aux armées, gros bonhomme négligé, à l'odeur aigre, qui, quand il ne l'ennuyait pas de sa conversation, de ses regards inquisiteurs et concupiscents, ronflait, avachi, le visage parcouru de tics, les jambes écartées dans une posture obscène, qui inspirait à Julie un dégoût qui l'empêchait de somnoler ou même de se livrer à ses rêveries amoureuses. Sitôt qu'il s'éveillait, elle feignait de dormir à son tour pour échapper à son regard aussi enveloppant que ses petites mains grasses avec lesquelles il essayait de la saisir à l'étape sous prétexte de l'aider à descendre de voiture.

Quand Julie ne fut plus qu'à quelques lieues de Leipzig, elle se mit à redouter la rencontre avec Henri. Quel visage lui ferait-il? Elle avait confiance dans la force de son amour pour elle mais appréhendait les effets d'une si longue absence. N'étaient-ils pas, par la force des choses, devenus étrangers l'un à l'autre? Tantôt elle se rassurait en se disant qu'Henri attaché à son fils ne pourrait se résoudre à renoncer à la vie commune, tantôt elle ravivait ses craintes en songeant qu'il avait pris l'habitude de se passer d'elle. Elle l'avait cru faible, dépendant, sa fuite lui prouvait qu'il pouvait lui échapper. Son empire sur lui, ce pouvoir d'émouvoir ses sens, ne s'étaient-ils pas évanouis?

Par un après-midi pluvieux et froid, elle pénétra dans la ville et se fit conduire à l'adresse d'Henri. Dans sa précipitation elle comprit de travers les indications de la logeuse et entra dans une chambre vide. Elle se vit soudain seule, abandonnée, sans aucun moyen de retrouver Henri. Les pensées les plus folles l'agitèrent : il s'était enfui pour ne pas la revoir! En larmes, gémissante, elle descendit l'escalier. La logeuse lui montra sa méprise et l'accompagna à la chambre. Julie ouvrit la porte en tremblant. Henri dormait. Le bruit l'éveilla. Il la fixa, stupéfait, avec dans les yeux une expression sauvage qui la saisit d'effroi.

9

Les chevaux et les cavaliers se détachaient avec précision entre le champ de neige et le vert profond des sapins. Ils formaient un cortège irréel dans ce paysage dont ils ne rompaient pas le silence : à peine percevait-on le crissement des sabots ferrés à glace dans la neige fraîche; parfois, sentant l'odeur des loups, les chevaux hennissaient, l'encolure frémissante, et faisaient tinter leur bride. L'avant-garde de Murat ressemblait à une armée de légende née d'une imagination féerique. La journée froide était enveloppée d'une fine brume dorée. Un soleil pâle irisait les glaçons suspendus à la cime des arbres et scintillait sur les dorures des épaulettes. Les hommes et les chevaux crachaient de longues fumées blanches. Après les chemins de boue, les bourrasques de neige fondue, l'apparition du beau temps sec était une bénédiction. On approchait de Varsovie.

Philippe observait Murat à la tête de l'avant-garde et ne pouvait se défendre d'un mouvement d'agacement. Le grand-duc de Berg, revêtu de son uniforme de parade, préparait son entrée dans la capitale. Il plastronnait, enveloppé dans une longue pelisse verte galonnée d'or et doublée de fourrure fauve, botté à la mousquetaire, le cimeterre en sautoir, le chef couvert d'une toque en peau de martre, surmontée de plumes d'autruche noires et d'une aigrette blanche en plume de héron. Son cheval était affublé d'un mors et d'étriers en or ainsi que d'une chabraque en peau de tigre. Qu'allaient penser les Polonais, sur lesquels il aspirait à régner, de ce sultan de carnaval?

Cet accoutrement humiliait Philippe et le mortifiait dans son admiration. Pourquoi un si grand capitaine s'attachait-il à des momeries de grandeur au lieu de prendre exemple sur l'austérité vestimentaire de l'Empereur qui, dans sa simple tenue de chasseur à cheval, ne s'habillait que de l'éclat de sa légende? Philippe se demandait s'il n'avait pas commis une erreur en abandonnant son escadron pour l'état-major? Il n'aimait pas l'intrigue et manquait de docilité, principales vertus d'un bon aide de camp. L'estime qu'il vouait à Murat, à sa bravoure, ne parvenait pas à le rendre complaisant. Sa vanité tyrannique, qui empoisonnait mille détails de la vie quotidienne, l'irritait. Sa dernière lubie : imposer sa livrée à tous les aides de camp. Même les lèche-bottes les plus obséquieux regimbaient. Une livrée! On n'est pas des domestiques.

Philippe notait chez Murat une nette aggravation de la folie des grandeurs. Il avait eu la tête tournée à Berlin : roi de Pologne! Était-ce une chimère si insensée? Tout le monde vivait dans un rêve, du simple grenadier au maréchal. A force d'entendre répéter que tout était possible, on finissait par le croire. Au fond, Murat ressemblait aux premiers chevaliers, oui, à leur manière les grands barons qui chevauchaient vers la Terre sainte devaient arborer cet air de rusticité chamarrée, eux aussi devaient exhiber des chabraques en peau de tigre et des étriers en or massif.

Plongé dans ses pensées, Philippe abandonna sa bride sur l'encolure de son cheval qui, effrayé par l'envol d'un faisan, fit un écart. Philippe roula dans la neige. Sa jambe heurta une pierre qui lui érafla le tibia. Il se releva furieux, brossa son uniforme poudré de neige et remonta à cheval sous les plaisanteries de la troupe.

Décidément il en avait assez : assez de l'armée, de la vanité des maréchaux, de la stupide nervosité des chevaux, de la neige. Il songea à son frère qui allait retrouver Julie et son foyer. Cette idée lui déplaisait. Il la chassa. Pourquoi n'épousait-il pas Lucie de Lussay? Pourquoi hésitait-il à jouir de l'immense fortune qui lui tendait les bras? Il s'imaginait dans un château, s'occupant de ses fermiers, de la taille des arbres, surveillant les moissons. La richesse pour lui, c'étaient les bois, les forêts : Lucie en possédait à perte de vue. Des soirées à lire après la chasse, ou à écrire un essai historique. Des amis qu'on traite : avec ce maudit argent, comme on est libre, bon, généreux. Une actrice de temps en temps à Paris. Que demander de plus?

Sur le chemin de neige, des Polonais apparurent, de plus en plus nombreux. Ils firent cortège aux Français et les acclamèrent. Le visage de Murat rayonnait. Bientôt Varsovie apparut à l'horizon, magnifique. Rien à voir avec les masures et les villages pouilleux qu'ils avaient traversés. Une cité princière qui les accueillait en sauveurs. Les manifestations de joie, les applaudissements, les chansons provoquaient une ivresse entraînante. La morosité de Philippe disparut. Quelle aventure! pensa-t-il, en voyant dans le lointain la multitude de coupoles dorées à demi recouvertes de neige qui brillaient, éclairées par le soleil couchant.

10

Dans la voiture, Henri évitait le regard de Julie. Pour rompre un silence qui devenait pesant, elle se décida à parler mais sa bonne volonté n'arrachait que des réponses superficielles qui s'éteignaient vite. Quelle conversation pouvaient-ils avoir? L'absence les avait rendus étrangers l'un à l'autre. Leur défiance des sujets brûlants les condamnait à se réfugier dans des généralités qui leur faisaient mesurer cruellement la distance nouvelle qui les séparait. La passion disparue creusait entre eux un vide glacé. Julie s'était attendue à essuyer des scènes, des reproches, non ce mur d'indifférence et cet ennui emprunté si peu en accord avec les sentiments passionnés qu'elle avait inspirés à Henri.

A l'auberge, ils prirent des chambres séparées. Le soir, ils se quittaient avec une gêne qu'ils appréhendaient de retrouver le lendemain mais qui les attendait, plus oppressante. Un jour, Julie se hasarda à poser sa main sur celle d'Henri, mais il dégagea la sienne d'un geste brusque sans cesser de contempler le paysage de forêts et de clairières, attristé par la pluie et le jour maussade de novembre. Une autre fois, voyant la route encombrée par un troupeau de moutons, elle cita un vers de Richardson en anglais – la langue dans laquelle ils avaient l'habitude autrefois d'exprimer leur tendresse. Henri rougit comme devant une offense et se rencogna, l'air sombre, dans la voiture.

Julie, même dans les pires moments de détresse, quand sans nouvelles d'Henri, elle le croyait mort ou perdu à jamais, n'avait pas éprouvé un tel poids de désolation. Elle gardait de l'espoir. Maintenant un sentiment d'impuissance l'envahissait devant l'incompréhension qui, à chaque étape de ce voyage vers Paris, les séparait un peu plus. Leurs corps étaient si lointains l'un de l'autre qu'ils paraissaient non seulement avoir oublié la volupté qu'ils s'étaient donnée mais semblaient la craindre et d'avance se braquaient devant ses dangers. Elle ne reconnaissait plus Henri : dur, froid, indifférent, le contraire de l'homme qu'elle avait aimé. Même quand elle le soignait, changeait ses pansements, il ne lui témoignait pas la moindre reconnaissance. Elle imaginait avec effroi ce qu'allait être leur vie commune à Paris. Attendait-il la fin du voyage pour lui annoncer qu'il la quittait?

Un soir, dans un relais près de Weimar, un jeune diplomate de la cour de Bavière qui faisait route vers Mayence s'invita à leur table. Il raconta quelques anecdotes sur le Grand Électeur qui amusèrent Julie. Elle rit à plusieurs reprises. Henri se contracta. Il se leva, pâle, le front en sueur, et sans un mot gagna sa chambre. Inquiète, elle monta lui demander s'il avait un malaise. Sans lui ouvrir sa porte, il lui lança d'une voix altérée : « Je vous en prie, laissez-moi! » Toute la journée du lendemain, il garda un visage fermé, une expression vindicative dans le regard. Lorsqu'elle l'interrogeait, il répondait par une grimace et prétextait que son épaule le faisait souffrir.

Quand ils traversèrent le Rhin au pont de Kehl, Henri s'absorba dans la contemplation du fleuve. Que d'émotions ces flots gris et tumultueux soulevaient en lui! Ce même pont, il l'avait franchi un an auparavant, en proie au plus profond désespoir, cherchant la mort. Au souvenir de ses souffrances, il eut un accès de pitié pour lui-même. Des larmes coulèrent sur sa joue qu'il essaya de dissimuler à Julie. Par quel miracle avait-il survécu à tant de tourments? Il se sentait infirme. Non à cause de sa blessure, mais parce qu'une infirmité plus grave endommageait son âme. Sa vie tout entière envoûtée par une femme successivement adorée et haïe n'était plus vouée à personne. Il en éprouvait un sentiment de dépossession comme si soudain il n'avait plus d'avenir.

11

Philippe prit son logement dans l'imposant palais Tyskiewicz. Les aides de camp occupaient une aile séparée du bâtiment principal à laquelle ils accédaient par la cour d'honneur recouverte d'une neige fraîchement tombée. Avec la nuit, il gelait dur. Des bûches énormes flambaient dans les cheminées. Les officiers habillaient les fauteuils de leurs uniformes pour tenter de les sécher et se rôtissaient les joues en se réchauffant devant le feu. Il régnait une atmosphère de collège comme à chaque fois qu'on prenait un cantonnement un peu confortable : on ouvrait les tiroirs, on se vêtait des descentes de lit en peau d'ours, on se livrait aux dernières farces qu'autorisait la fatigue. Un éternel mécontent se plaignait de l'humidité des draps. Ses camarades rigolaient et l'envoyaient au diable tout en retirant leurs bottes avec délices. Des flambeaux éclairaient la cour comme pour une fête. Toute la ville s'illuminait en l'honneur des Français.

Un majordome aux immenses oreilles poilues vint convier les officiers à souper de la part du comte Tyskiewicz. Ils refusèrent. Exténués par les longues étapes et les chemins difficiles depuis Posen, ils n'avaient pas le courage d'affronter les présentations. Seul Philippe attendit la fin du repas pour rendre visite à ses hôtes : le comte était un ami de son père et il l'avait rencontré plusieurs fois à Paris.

Il traversa la cour et gravit le grand escalier glacial et sombre. A demi éclairés par des candélabres, les portraits d'ancêtres en costume d'apparat jetaient des regards furibonds de fauve en cage. On l'introduisit dans le salon : la bonne chaleur de la pièce le surprit. Une dizaine de personnes en cercle devant la cheminée conversaient en français avec animation. Le silence se fit à son entrée. Le comte Charles Tyskiewicz vint vers lui et l'embrassa en le serrant contre sa poitrine, lui infligeant l'épreuve de sa joue râpeuse et de sa redoutable moustache de porc-épic. Tout en le présentant à la vingtaine de prunelles pleines de curiosité, le comte l'interrogeait avec empressement sur ses campagnes, lui demandait ses premières impressions sur la Pologne. Philippe répondit des banalités qui, par des rires bruyants, furent accueillies comme de formidables traits d'esprit. Il aperçut un peu en retrait une jeune fille qu'il prit pour une nièce du comte et qui n'avait pas détaché les yeux de sa broderie.

Le comte le présenta.

« La comtesse Marie, ma femme. »

Elle leva alors vers Philippe ses yeux noirs qui brillaient avec une expression de malice comme si elle devinait ses pensées et s'amusait de sa surprise. Philippe en effet était troublé, autant par son charme, sa beauté déroutante que parce qu'il ne parvenait pas à associer l'image du vieux comte, contemporain de son père, à celle de cette femme à peine sortie de l'adolescence. L'idée d'une mystification le traversa : il existait une telle dissemblance entre le vieux comte qui, sous sa jovialité, gardait un fond de solennité et de gravité et cette jeune personne si fraîche, à l'allure si gaie, qui semblait revenir d'une course dans les bois et disponible pour toutes les fêtes de la jeunesse.

« Ah, s'exclama Philippe, je vous imaginais...

– En douairière », répondit la comtesse Marie sous les rires.

Philippe fut harcelé de questions. Tout le monde parlait en même temps. On l'interrogeait avec surexcitation au milieu des fous rires. On évoquait la brutalité des Prussiens, la sauvagerie des Russes. On faisait le récit de tous les drames récents avec ironie comme s'ils étaient aussi inévitables que les catastrophes naturelles. Une vieille tante Potoska, dans la confusion, tentait de placer ses souvenirs de Paris. Le comte Charles y ajoutait les siens et sans transition demandait quelles étaient les intentions de l'Empereur. Allait-il ressusciter le royaume de Pologne? Qui serait roi? Les Polonais aiment rêver tout haut. On se grisait de projets fabuleux. On échafaudait les plans les plus fous. Puis on revenait à Philippe. On lui demandait des détails sur la bataille d'Iéna, sur son séjour à Berlin. L'idée des Français défilant en vainqueurs dans l'orgueilleuse capitale de la Prusse provoquait une hilarité enfantine. Les Polonais se sentaient vengés de leurs propres humiliations.

La comtesse Marie se replongea dans sa broderie. Parfois elle levait les yeux et observait Philippe qui attendait ce moment avec impatience et en éprouvait à chaque fois un bonheur et une frustration. La force de caractère qu'il devinait en elle l'intriguait. D'où venait son trouble? Peut-être de ce sentiment que, sans lui avoir dit plus de trois mots, il lui semblait si bien la connaître. Aucune barrière ne les séparait. Elle avait beau être étrangère, c'était comme s'il retrouvait une amie aimée et perdue à qui il aurait confié ses plus chers secrets.

Philippe prétexta l'heure tardive pour prendre congé. On le retint encore un long moment. On ne se résigna à le laisser partir qu'après avoir porté de nombreux toasts à la libération de la Pologne.

« Vous êtes ici chez vous, dit le comte en le raccompagnant, considérez-nous comme votre famille.

– Oui, ma vraie famille du cœur », répondit Philippe qui, complètement gris, ne savait plus très bien ce qu'il disait. Son regard croisa celui de la comtesse Marie. Ses paroles furent à nouveau accueillies par des acclamations.

Philippe se retrouva dans la cour. La neige qui tombait avait effacé les traces de pas. Il contemplait le grand tapis moelleux, éclairé par les flambeaux. Les flocons mouillaient ses cheveux. L'alcool excitait son esprit. Il n'avait plus envie de dormir. Il revit les yeux noirs de la comtesse Marie et sourit. Puis il pensa à l'affection paternelle que le comte venait de lui témoigner. Cette succession d'images lui procura une sensation désagréable.

12

Tony, escorté de deux gendarmes d'élite, fit à Sarlat une entrée qu'il aurait préférée plus discrète. Ils le quittèrent avec des effusions de reconnaissance : durant le voyage il avait régalé autant leur ventre que leurs oreilles. Que d'histoires il leur avait racontées, plus extravagantes les unes que les autres, où se mêlaient des récits véridiques et des inventions de son cru. Il les avait mystifiés à plaisir avec cette faconde, cette chaude éloquence qui le rendait si populaire auprès des troupes dont il savait à merveille flatter l'imagination et la crédulité. Les deux gendarmes repartirent, certains d'avoir eu affaire à un républicain dans l'âme victime de ses opinions courageuses. Tout n'était pas faux. L'état-major n'avait pas toujours rendu justice à sa bravoure, à ses indiscutables qualités de meneur d'hommes, mais il gommait ses torts, aveuglé par son incommensurable et chatouilleuse vanité, et avait bâti devant ce public fruste le roman qu'il comptait bien faire gober à Sarlat et même jusqu'à Paris : celui d'un jacobin intransigeant, insensible aux faveurs, dont on jalousait les succès militaires, que les intrigues avaient fini par abattre. Dans des proportions plus modestes, c'était l'affaire Moreau qui se répétait. Sauf qu'on avait craint le scandale d'un procès. Des balivernes! Mais Tony savait que, comme martyr du despote, il trouverait toujours une coterie bienveillante. De toute façon, il n'avait pas le choix : l'opposition restait sa seule carte. Tony se prit vite à son propre jeu : ce qui n'était au début qu'une fable destinée à maquiller sa destitution devint pour lui une vérité qu'il défendait avec la plus ardente conviction.

Les débuts furent difficiles. Il s'installa au cœur de Sarlat, dans le bel hôtel qu'il avait fait construire. Sa sœur, à sa dévotion, tenait son ménage. Il s'appliqua avec scrupule à être en règle vis-à-vis des autorités. Il se présentait deux fois par semaine à la préfecture. Grâce à son entregent, il se fit introduire auprès du préfet qu'il sut séduire et même gagner à sa cause en lui laissant entendre que la chance pouvait tourner. Le préfet enjôlé, la tutelle administrative ne tarda pas à s'assouplir. Au fond de lui-même, Tony remâchait son humiliation. Moins gai, il ne montrait plus cet allant qui subjuguait toutes les sympathies. Qu'il semblait loin le temps où il se pavanait en uniforme de parade, galopait à travers la ville et se comparait au marquis de Campagne! Sa disgrâce réveillait les vieilles rancunes provinciales. On ne perdait aucune occasion de lui rappeler qu'il n'était que le fils de la tenancière du Tapis Vert, un tripot sur la route de Bordeaux. Sous son air bravache, il dissimulait sa déception de s'être soustrait au formidable mouvement de conquête dont les gazettes rendaient compte chaque jour. Au début il s'amusait à relever les invraisemblances que contenaient les communiqués. Il s'était vite lassé. La gloire dont il rêvait, il fallait se résigner à l'abandonner à d'autres, moins brillants que lui. Tout cela à cause d'un moment de mauvaise humeur, à cause d'une femme dont l'indifférence le faisait souffrir et que sa folle incartade ne lui avait pas permis de reconquérir.

Son protecteur, le baron O'Harty, accouru à Sarlat, lui apprit qu'Henri avait été retrouvé. On attendait son retour à Paris. Cette nouvelle plongea Tony dans le désespoir. Tous ses projets, aller à Paris et se faire entendre de Julie, s'écroulaient. Il demeura une semaine enfermé dans sa chambre, ne sortant que pour se rendre à la préfecture. Dans son infortune, il commença une lettre pour l'Empereur, dans laquelle il le suppliait de lui accorder son pardon. Il songea à solliciter l'aide de son vieux camarade, le général Lasalle. Il renonça à ces requêtes humiliantes. Il savait qu'elles ne serviraient à rien. Le baron O'Harty, qui avait pour lui la tendresse d'une mère, déploya toutes ses ressources pour soulager sa peine. Il lui offrit à nouveau de l'adopter. Malgré la fortune et le titre, Tony refusa.

Au bout de deux mois, il commença à sortir. Il chassait avec le baron dans les bois avoisinants, se promenait à cheval et fréquentait les salons de la région où sa proscription par le *tyran* faisait pardonner son passé révolutionnaire. De plus sa qualité de militaire plaisait : il apportait avec soi dans l'air confiné de la province un peu des bourrasques qui secouaient l'Europe. Bientôt commença à naître autour de lui une sorte de légende que ni son existence incohérente, ni ses foucades n'auraient pu laisser prévoir : celle d'un sage dont on louait la modération. L'impression de profonde tristesse qui marquait son visage plaidait en sa faveur. On ignorait seulement que l'injustice dont il souffrait le plus ne devait pas être imputée aux autorités militaires mais à une femme.

13

A Varsovie, on s'arrachait les Français. Tout était prétexte à les recevoir et à les acclamer. Les soirées se passaient en fêtes, les journées en promenades en traîneau dans la campagne sous le pâle soleil de décembre, en excursions dans les châteaux des environs : la magnificence des demeures qui recelaient des trésors insoupçonnés contrastait avec la misère des villages. Une réception se déroula au palais Tyskiewicz en l'honneur de Murat; un bal salua l'arrivée de l'Empereur, un autre fut donné par M. de Talleyrand. La comtesse Marie s'y rendit dans une robe de velours noir brodé *à la Mathilde* d'or et de perles. Philippe la regarda danser avec un serrement de cœur tant elle lui paraissait lointaine et inaccessible. Quand elle l'aperçut, elle lui adressa un sourire qui le mit au comble de la félicité et de l'agitation. Plusieurs jours il vécut avec ce sourire, tremblant de bonheur, la nuit, en y repensant. Mais plus son amour pour elle augmentait, plus il était paralysé à l'idée d'entreprendre sa conquête.

Philippe fut convié à plusieurs reprises au palais Tyskiewicz. La présence du comte qui lui témoignait à chaque fois les plus grandes marques de bienveillance rendait sa position malaisée et cruelle. Il n'osait s'adresser à la comtesse Marie, peur de révéler la passion qu'il éprouvait. Il se contentait de l'observer et détournait son regard dès qu'elle dirigeait vers lui ses yeux noirs. Sa gêne était extrême quand il lui parlait et il dissimulait sous des banalités le trop-plein des sentiments qui l'assaillaient. Souvent, il l'épiait par la fenêtre de sa chambre lorsqu'elle traversait la cour pour rendre visite à son petit garçon qui logeait au premier étage, dans l'aile que lui-même occupait avec les aides de camp.

Bientôt l'enfant tomba malade et à la comtesse, également souffrante, le médecin interdit de traverser la cour. Un soir qu'il était de service, Philippe entendit des pleurs qui provenaient du premier étage. Il monta l'escalier : le petit Auguste gémissait doucement, les yeux baignés de larmes, sous le regard affolé de sa jeune bonne. Philippe posa la main sur son front brûlant et en sueur; une toux rauque secouait son petit corps. Philippe lui fit boire de l'eau de réglisse et la toux se calma. Toute la nuit, il demeura au chevet de l'enfant, à côté de la bonne endormie, attentif à ses frissons, au rythme de sa respiration, observant avec émotion sur ce petit visage la ressemblance avec des traits qui lui étaient si chers. Vers l'aube, il constata avec satisfaction que la fièvre était tombée.

Dès que la bonne s'éveilla, il lui donna une lettre pour la comtesse dans laquelle il retraça avec minutie tous les épisodes de la nuit.

L'après-midi, appelé par le comte qui voulait lui soumettre le mémorandum politique qu'il comptait adresser à Murat, Philippe croisa la comtesse Marie dans l'antichambre : d'une grande pâleur, ses yeux noirs plus brillants qu'à l'ordinaire, elle se précipita vers lui avec des effusions de reconnaissance.

« Comment vous remercier... J'étais tellement inquiète... Vous m'avez rassurée. Merci pour lui et pour moi. »

Avec sa voix enchifrenée, son mouchoir à la main, la toux légère qui l'interrompait, elle n'était plus seulement belle mais attendrissante. Philippe balbutia quelques mots. Troublé d'être seul en face d'elle, presque dans la pénombre, dans un accès de courage il lui prit la main et la porta tendrement à ses lèvres. Prenant conscience de l'inconvenance de son geste, il la quitta brusquement. Il descendit l'escalier avec précipitation, en proie à une violente agitation, oubliant que le comte l'attendait. En bas de l'escalier, il se retourna. Elle se tenait toujours à la même place et le regardait. Gênée d'avoir été surprise, elle disparut.

14

Le soir, une fois l'enfant couché, les heures paraissaient longues dans l'appartement du Petit-Vaugirard. Henri lisait en silence, protégé par sa lecture comme par un mur, craignant s'il reposait son livre d'affronter une conversation avec Julie ou même d'être assailli par ses propres réflexions. Depuis un mois, il dévorait les bibliothèques. Toute la journée il marchait le long des jardins du Luxembourg, fouinait chez les libraires du quartier et rapportait sous son bras valide une nouvelle provision de livres. Sa blessure à l'épaule guérissait lentement après qu'elle eut inspiré bien des inquiétudes. Son angoisse se reportait sur son avenir. Quelle carrière pouvait-il encore espérer? L'armée? Les séquelles de sa blessure lui interdisaient tout service actif. Il le regrettait : il eût aimé repartir pour échapper à ce faux-semblant de couple. Quant à un poste préfectoral, il ne fallait pas y songer : le scandale de sa *fugue* lui fermait à jamais les portes de l'administration. Son père se démenait auprès de ses amis du Conseil d'État pour lui obtenir une place dans quelque bureau. Henri ne l'encourageait pas dans ses démarches : la perspective d'une existence paperassière qui le clouerait à son foyer ne le réjouissait pas. Il refusait obstinément de sortir dans le monde, las d'entendre des chuchotements sur son passage et d'imaginer les commérages que sa présence suscitait.

Chaque soir, au moment du coucher, la même épreuve l'attendait. Quand il quittait Julie et posait sur son front un baiser sans tendresse, le mensonge de leur couple lui paraissait intolérable. Sous la sécheresse de son attitude, il avait peur. Était-il possible de continuer à vivre longtemps dans cette imposture? Mais quel choix avait-il? Retrouver le corps de Julie, de toutes ses forces il s'y refusait, craignant de s'attacher à nouveau à des plaisirs qu'il avait payés de trop de souffrances. Parfois il imaginait avec effroi que Julie, dont il savait les sens exigeants, ne supporterait pas longtemps sa réserve et irait chercher ailleurs des compensations. De toutes les perspectives, c'était la plus terrible. Les affres de la jalousie et les cohortes de souvenirs atroces se réveillaient. Cette situation sans issue, menaçante, lui faisait regretter de n'être pas resté en Allemagne, ignoré, perdu, auprès d'une femme qu'il n'aimait pas, dont il n'attendait rien, laissant s'écouler le temps sur le lac Ammet dans cette douce indifférence qui seule préserve des passions.

Les seuls moments de paix que connaissait Henri étaient, avec la lecture, ceux où il s'occupait de son fils. Le temps passé à s'inquiéter de lui, à surveiller ses devoirs, à organiser ses jeux, puis à le dorloter et à le gâter avec une tendresse de mère, l'arrachait à lui-même et il en éprouvait comme une délivrance. Entre Julie et lui, sa présence créait une diversion, une source d'animation et d'émotion. Henri appréhendait l'époque où Charles serait en âge d'entrer au collège.

Enfin la situation matérielle du couple devenait des plus précaires. Henri la regardait sans ces illusions, cette foi joyeuse dans les ressources de l'avenir qui sont la providence des amants comblés. Son père lui donnait quelques subsides qui s'ajoutaient à la rente que versait son beau-père à Julie : cette rente s'amenuisait chaque trimestre et le banquier la versait à contrecœur depuis que, entraîné dans la déconfiture de la Compagnie des négociants réunis, il avait dû rogner sur son train de vie. Il en gardait au financier Ouvrard, qui pour tenter de calmer ses inquiétudes l'avait amusé de boniments, une haine inexpiable : elle l'occupait au moins la moitié du temps qu'il consacrait à rétablir ses affaires.

Julie face aux difficultés faisait montre de sérénité. Elle ne se plaignait jamais, conservait devant la sécheresse d'Henri son humeur sombre, une souplesse et une égalité de caractère sans lesquelles le couple n'eût pas tardé à sombrer. Elle avait trop souffert sans lui et regardait son retour comme un avertissement de la Providence, une punition qu'elle acceptait sans rechigner. Avoir perdu son amour lui était cruel et donnait à ses sentiments une exaltation qu'elle n'avait éprouvée que dans les premières années de leur mariage, avant que la sujétion trop complète d'Henri donnât moins de sel à son emprise. Elle savait que le temps jouait en sa faveur, qu'il lui fallait regagner peu à peu le terrain perdu. Elle avançait avec prudence, craignant de le braquer, essayant à force de docilité et de tendresse de désarmer ses préventions. Au fond d'elle-même, elle ne doutait pas de parvenir à ressusciter son amour. Elle croyait au pouvoir de son corps. A certains regards d'Henri, à la lueur affolée qui courait dans ses yeux quand elle venait dans sa chambre en tenue de nuit, elle éprouvait la force de sa séduction. Il ne suffisait que d'une étincelle, un de ces moments favorables où la volonté faiblit et où l'on s'abandonne sans penser ni à l'avenir ni au passé.

15

Dans Varsovie ce fut d'abord une rumeur à laquelle personne ne voulut croire. Puis la nouvelle tomba, brutale, dans la stupeur générale : les hostilités allaient reprendre; les troupes devaient se tenir prêtes à partir le lendemain. Aussitôt l'atmosphère changea comme si un charme venait de rompre. Jusqu'alors personne ne parlait plus de la guerre. Elle semblait oubliée. Tout le monde l'avait chassée de son esprit. De toutes les conspirations ourdies à Varsovie, aucune ne rencontrait un accord aussi général : on ne voulait vivre que dans l'illusion d'une fête perpétuelle. Les esprits, les cœurs, la nature même – cette neige qui ne cessait de tomber, rendant les chemins impraticables –, tout semblait réuni pour que l'offensive fût au moins ajournée jusqu'au printemps. Les Russes paraissaient s'être évanouis dans les plaines du Nord, blottis sur les rives gelées du Niémen. Il fallut déchanter. Les visages reprirent leur gravité ancienne. On abandonna les projets, on bâcla les idylles et on se prépara au départ.

Philippe reçut un billet de la comtesse Marie. Elle souhaitait lui dire au revoir. Il se fit annoncer. Elle le reçut dans sa chambre, vêtue d'une simple robe blanche froncée sur la poitrine; un ruban de soie rose nouait ses cheveux en arrière. Le soleil vif qui se reflétait sur les toits enneigés diffusait dans la pièce une lumière vive. Le ciel après la bourrasque devenait d'un bleu céruléen. Il régnait une atmosphère ouatée. Le vent mugissait dans la cheminée; de la rue provenaient les crissements des traîneaux qui agaçaient les gencives, et leurs clochettes pimpantes. La comtesse Marie accueillit Philippe avec des phrases toutes faites sur les inconvénients de la guerre. Elle tentait de dissimuler sa gêne sous un flot de paroles qui donnait à sa conversation un apprêt superficiel et mondain qu'elle n'avait jamais eu avec lui. Elle redoutait le silence, et plus encore des aveux. Depuis que Philippe lui avait pris la main, ils ne s'étaient jamais rencontrés sans un sentiment d'embarras, sans l'impression pénible qu'ils jouaient un rôle qui ne leur convenait plus. Ils s'étaient donné l'un à l'autre des témoignages d'une inclination trop évidente pour revenir à des propos banals.

Philippe lui offrit *Corinne*, le dernier roman de Madame de Staël, que le courrier de Paris venait d'apporter le matin même. Elle exprima sa joie.

« Quelle attention merveilleuse! Quand je lirai ce livre j'aurai l'impression que vous êtes toujours à Varsovie, que je continue à converser avec vous. » Elle se troubla et reprit : « Vous autres Français, vous allez tellement nous manquer. Vous ne pouvez pas vous imaginer comme la vie a changé depuis votre arrivée. Grâce à vous, nous sommes redevenus de vrais Polonais. »

Elle désigna à Philippe un fauteuil près de la fenêtre et s'assit en face de lui. Elle feuilleta le livre et fixa soudain Philippe d'un air franc et limpide.

« Vous savez à quoi je pense?

– ...?

– Je pense que vous êtes pur. »

Philippe rougit. A ce moment précis il ne se sentait pas pur : il se demandait comment il allait sortir de l'ornière de cette conversation mondaine et la prendre dans ses bras.

« Personne n'est tout à fait pur. Seuls sont purs ceux qui renoncent. Moi j'aime trop la vie.

– J'aime que vous me répondiez ainsi. Ceux qui se croient purs sont insupportables. Ce sont des tartuffes. Vous, vous êtes comme mon fils, mais c'est un enfant. Mais pourquoi ne peut-on pas être pur et aimer la vie?

– Si on aime la vie, on se compromet forcément avec la médiocrité. Dès que l'on désire, on cesse d'être pur. On calcule... »

Elle eut une expression méditative.

« Ne peut-on pas avoir des désirs qui soient purs? Il me semble que c'est possible.

– Peut-être... En amour. »

Elle le regarda de ses yeux noirs d'un air sévère comme s'il évoquait un domaine interdit. Son regard se radoucit et devint presque mélancolique.

« Vous avez raison : il n'y a que l'amour qui rende pur. »

Un silence pesant les enveloppa. La conversation allait prendre un tour que la comtesse désirait et appréhendait à la fois. Elle se leva.

« Bon voyage, Philippe. Prenez soin de vous.

– J'ai une requête à vous adresser. »

Elle sourit.

« Laquelle?

– Votre ruban. J'aimerais que vous me le donniez. Il me portera chance. »

Une lueur d'amusement passa dans les yeux de la comtesse.

« Accordé. Je vous le ferai porter. Mais prenez quand même soin de vous, un ruban ne suffit pas à faire des miracles. » Philippe saisit sa main et y posa ses lèvres.

« J'ai une autre requête.

– Dites!

– Puis-je vous voir ce soir, seule?

– Non, c'est impossible. N'abusez pas de ma faiblesse. Ne me demandez pas un sacrifice que je regretterais toute ma vie. »

Il se pencha vers elle et posa ses lèvres sur son cou. Elle frémit. Elle mit la main sur sa nuque, l'attira vers elle et le repoussa avec force.

« Non, c'est mal, partez, je vous en supplie, partez! »

Philippe, tout à la fois dépité et tremblant de bonheur, quitta la chambre sans se retourner.

16

Le soir avant le souper, le vent cessa et la neige se remit à tomber à gros flocons. Philippe, tout en pestant, badigeonnait sa paume et ses doigts avec de l'huile : distrait, encore sous l'émotion de son entrevue avec la comtesse, il avait saisi un tisonnier porté au rouge. La brûlure lui donnait des élancements. On lui apporta une lettre. Il reconnut l'écriture de la comtesse Marie et sa douleur disparut. Il décacheta l'enveloppe avec fébrilité.

> *Je veux bien vous accorder le petit entretien seul à seul auquel vous attachez tant de prix. Je ne m'y résigne que parce que vous allez risquer votre vie et que je ne vous reverrai peut-être jamais. J'irai voir mon fils dans sa chambre cette nuit. Je vous supplie de me respecter. Ne gâchez pas pour un instant toute une vie de loyauté. Je ne peux rien vous refuser. Je suis malheureuse. Je voudrais pouvoir vous aimer et rester fidèle à mes principes. De toute façon, fidèle ou non, je serai malheureuse. Voici le ruban que vous m'avez demandé. Gardez-le en souvenir de moi, qu'il vous porte chance. Dieu sait que je prierai pour vous et pour moi : nous courons l'un et l'autre de grands dangers. Je ne supporterai pas qu'il vous arrive malheur.*
>
> *Marie.*

Philippe relut la lettre avec ivresse. Chaque mot pénétrait en lui et libérait une promesse de bonheur. A cet amour, il était prêt à se donner tout entier, à tout sacrifier. Ses scrupules vis-à-vis du comte avaient disparu. Grâce à elle, comme l'avenir semblait devenu lumineux et facile! Il le savourait d'avance avec délices. Il l'enlèverait à son mari. Quitterait-elle son enfant pour lui? Comment vivraient-ils? Le bonheur de se savoir aimé éludait toutes les réponses. Déjà il imaginait comment il allait vaincre ses dernières résistances. Tout ce qu'il avait cherché à travers tant de femmes, elle le possédait : la beauté, le charme, la qualité de l'âme. Et toutes ces merveilles, ce soir, seraient à lui. Il se voyait dénudant son corps magnifique, libérant sa lourde poitrine. Il serait vainqueur de ce délicat combat qu'elle menait contre elle-même. Quelle griserie! Et il emporterait le souvenir de cette nuit d'amour dans les plaines glacées. Il serait sa sauvegarde au cœur des dangers avec le ruban rose. Mais peut-être ne céderait-elle pas? Alors il la garderait étroitement serrée dans ses bras, froissant sa robe blanche, échangeant avec elle des baisers et des soupirs tandis qu'autour d'eux la maison dormirait, ensevelie sous la neige.

Il ne savait comment meubler les longues heures qui le séparaient de sa venue et ne pouvait demeurer en place. Mille pensées l'agitaient. Il refusa le dîner que ses camarades lui proposaient en ville : cette attente était pour lui un moment religieux, trop grave pour être galvaudé dans une atmosphère de ripaille. Demeuré seul dans sa chambre, surveillant la pendule du salon par la porte ouverte, il tenta d'abord de lire et piocha dans la pile des journaux de Paris. Aucun ne put retenir son attention. Les lignes imprimées se brouillaient devant ses yeux. Il s'assit dans un fauteuil, les bras ballants, et se mit à fixer le feu dans l'âtre.

Des bruits de pas retentirent dans le vestibule : le petit Auguste et sa bonne montaient se coucher. Encore deux heures à attendre. Il jeta un coup d'œil par la fenêtre : la neige continuait à tomber; les flambeaux éclairaient la cour; les candélabres du salon étaient éteints. Il laissa entrouverte la porte de son appartement qui donnait sur le vestibule : ainsi il l'entendrait venir. Un courant d'air glacé pénétra dans la pièce et claqua la porte. Son cœur s'arrêta : c'était elle. Il se précipita dans le vestibule. Personne. Il revint dans le salon, dépité, et coinça la porte avec un fauteuil. Il se rassit, se releva et se mit à chercher avec nervosité des ciseaux à ongles dans ses sacoches de cuir. Introuvables! Il regarda sa montre : dix heures passées. Il commença à s'affoler : et si elle ne venait pas? Non, c'était impossible, elle le lui avait promis. Il se servit un verre d'alcool qu'il avala cul sec. Le liquide lui brûla la gorge. Il entrebâilla le rideau et observa à nouveau la cour : la neige ne tombait plus; quelques rares flocons voltigeaient dans le vent. Une impression de paix et de silence émanait de la maison. A minuit, Philippe entendit ses camarades rentrer : des éclats de voix, le bruit des bottes qui tombent sur le plancher, puis le silence. A quelle heure viendrait-elle? Peut-être avait-elle été retenue? Son mari! Cette pensée le glaça. L'idée qu'elle *faisait* peut-être en ce moment avec son mari ce qu'elle avait eu l'intention à l'origine de *faire* avec lui le dégoûta et lui inspira de la haine pour le comte. Avait-elle changé d'avis? Des scrupules au moment de franchir le pas? Il se remémorait tout le bonheur escompté, ses mouvements de vanité – comme ces illusions prenaient un goût amer!

Il crut entendre un bruit. Il prêta l'oreille, le cœur battant, attendant le moment où la porte d'entrée s'ouvrirait : c'était comme si, déjà, il sentait le courant d'air glacé de la porte. Il allait la voir apparaître. Il la prendrait dans ses bras, elle se débattrait. La porte ne s'ouvrit pas. Philippe demeurait immobile, craignant s'il bougeait de dissiper la sensation qu'elle allait venir. Il se leva d'un bond et frappa avec rage sur le marbre de la cheminée. Meurtri dans ce qu'il avait de plus cher, Philippe prit un verre d'alcool et eut envie de le briser dans sa main. Les chandelles s'éteignaient; le froid du vestibule emplissait peu à peu la pièce. Du feu, restaient des braises. A quoi bon le rallumer? Comme la vie était triste! Pourquoi avait-elle nourri cet espoir pour le décevoir si cruellement? Il regarda sa montre : elle marquait deux heures.

Il sortit dans le vestibule. A tâtons, il ouvrit la porte qui donnait sur la cour. D'abord, Philippe ne vit rien, que la nuit; puis ses yeux s'habituèrent à l'obscurité : alors il distingua des traces de pas dans la neige, minuscules comme celles d'un petit animal. Elle était venue! Pourquoi s'était-elle arrêtée en chemin? Quel remords l'avait saisie?

De la déception d'être passé si près du bonheur, Philippe eut envie de pleurer.

17

Pendant dix jours, Philippe ne reçut aucune nouvelle de la comtesse Marie. Triste et amer, il ne cessait de penser à elle, au mystère du rendez-vous manqué. Il affrontait un temps épouvantable. Des bourrasques de neige fondue lui fouettaient le visage. Les chevaux pataugeaient dans les chemins boueux. Même la paille manquait. On bivouaquait souvent à même la neige devant un feu débile qui ne voulait pas prendre tant le bois était mouillé. De réconfort, Philippe n'avait que le ruban rose noué à son poignet. Les premiers jours il humait le parfum délicat qui l'imprégnait. Le parfum n'avait pas résisté aux intempéries. Philippe conservait le geste de porter son poignet près de ses lèvres. A Ostelrode, au quartier général, il put enfin faire sécher ses vêtements. Une lettre de Marie l'attendait. Elle avait failli s'égarer : la suscription, à moitié effacée par la pluie, était à peine lisible. Philippe la serra un long moment sur sa poitrine, craignant de la décacheter.

M'avez-vous pardonnée? J'ai passé une nuit terrible. Je n'ai pas eu peur de vous mais de moi. S'il ne s'agissait que de ma vie, croyez-moi, je n'en serais pas avare. Mais je ne peux jouer avec l'honneur du compagnon auquel j'ai lié mon sort. Pour-

tant il m'est impossible de renoncer à vous écrire, à vous revoir. Je suis malheureuse loin de vous, plaignez-moi car je serai malheureuse de toute façon. *Je lis* Corinne *et ce livre ne me parle que de vous. Pourquoi vous ai-je rencontré? Pour souffrir ou pour vivre? Soyez prudent : le ruban ne peut pas tout. Pensez à moi.*

Votre Marie.

18

Les bourrasques de neige avaient cessé. Dans la nuit claire, on distinguait quelques étoiles. Une bise glacée pénétrait dans la petite cabane dont une escouade de cuirassiers qui bivouaquait à proximité avait arraché la porte. Si on ne les en avait empêchés, c'est toute la cabane qu'ils auraient réduite en bois de chauffage. Quatre dragons allongés, serrés les uns contre les autres, recouverts de leurs manteaux, occupaient presque toute la pièce. Leur sommeil était agité : des plaintes entrecoupaient leurs ronflements. Après une journée pareille, c'était la moindre des choses. Étonnant même qu'ils pussent dormir! Un feu de branchages humides brûlait à même le sol de terre battue et dégageait une épaisse fumée âcre dans la cabane.

Philippe accroupi, le visage rôti par les flammes, le corps glacé, retournait dans les braises trois pommes de terre gelées en se frottant les yeux. Quand elles furent cuites, il les fit rouler sur la terre battue. Elles étaient brûlantes mais diffusaient une chaleur si bienfaisante qu'il les garda un long moment dans ses mains gercées. Il était transi, fourbu, et pourtant si agité qu'il lui semblait impossible de dormir. Trop d'images, trop d'impressions laissées par cette journée terrible le traversaient. Les dangers qu'il avait courus lui donnaient le vertige. Il ne parvenait pas à comprendre par quel miracle il en avait réchappé. Ces forêts de baïonnettes meurtrières, ces milliers d'obus qui sifflaient sur le village d'Eylau. Il devrait être mort à cette heure, ressembler à un de ces cadavres gelés, piétinés et déchiquetés par les roues cerclées de fer des fourgons, ou au moins estropié et dans l'attente, sous les hangars, de la scie du chirugien. Il n'avait rien, qu'une hanche luxée par une chute de cheval – une vétille et, pourtant, au lieu d'être heureux de son sort, le poids de cette journée infernale l'écrasait. Il ne pouvait s'arracher de l'horreur des combats au corps à corps dans la tempête de neige et le froid et même dans la nuit noire. Il avait chargé l'infanterie russe avec le flot de la cavalerie entraînée par Murat. Quelle énergie s'était réveillée en lui malgré la neige qui l'aveuglait pour frapper à coups de sabre les fantassins en déroute qui glissaient dans la neige? Il s'était égaré dans les lignes russes et avait retrouvé son chemin en apercevant dans la brume le rougeoiement des maisons d'Eylau en flammes.

Après avoir dévoré les pommes de terre, Philippe étendit la chabraque de sa jument sur le sol et disposa la selle pour appuyer sa tête. Comme il rangeait la bride, le mors et la poignée de son sabre s'entrechoquèrent, provoquant un tintement. Un dragon grogna. Quand Philippe se coucha sur la chabraque en peau de mouton, la puissante odeur de suint qu'elle dégageait lui serra le cœur. Le souvenir de sa jument morte lui revint. Bien sûr, il était ridicule de s'apitoyer sur le sort d'un animal, même s'il lui était cher, quand des milliers de soldats avaient péri ou agonisaient encore. Ce n'était qu'un épisode navrant de plus à ajouter à cette horrible journée. Il avait beau se raisonner, il était ému à l'idée que sa carcasse aux membres roidis gisait à une portée de fusil, près du bivouac des cuirassiers.

C'était en essayant de rallier un régiment du corps d'armée d'Augereau, à la nuit tombée, sur la route de Landsberg, tandis qu'il galopait sur une prairie enneigée, qu'il avait essuyé le feu d'un parti de Prussiens en déroute. Junon frappée au poitrail par une balle, s'était affaissée sur ses antérieurs, le culbutant dans la neige. Avertie par les détonations, l'escouade de cuirassiers était intervenue pour hacher les Prussiens. Junon perdait son sang à gros bouillons et ne pouvait plus se soutenir. Philippe dut se résoudre à l'abandonner, emportant son équipement sur ses épaules jusqu'à six cents pas de là, au bivouac des cuirassiers. Il se réchauffait devant le feu encore agité par le péril couru et attristé par la perte de Junon, lorsqu'il sentit un poids sur son épaule : la jument s'était ranimée, l'avait rejoint et frottait avec affection son chanfrein contre son dos. Philippe posa son front contre son encolure. Mais épuisée par l'effort et la perte de son sang, Junon expira après s'être débattue. La présence de sa jument morte lui était si pénible que Philippe ne put demeurer près du bivouac. Il avait préféré gagner la cabane.

Philippe souffla sur les braises pour ranimer le feu. Il lui fallait attendre l'aube avant de rejoindre l'état-major à Eylau. Rien n'était pénible comme cette incertitude après une bataille où rien ne s'était décidé. Les troupes campaient sur leurs positions. Après les lourdes pertes d'aujourd'hui pourrait-on résister à une offensive générale des Russes? A quoi bon se poser de telles questions! Mieux valait dormir. Soudain, pour la première fois de la journée il pensa à Marie et à la lettre d'elle reçue la veille. Il la chercha dans sa sabretache et souffla à nouveau sur le feu pour se donner de la lumière. Il lut :

La vie sans vous est trop cruelle. Vous m'avez fait découvrir une passion qui m'ef-

fraie et me bouleverse. Je ne peux plus lutter contre moi-même. J'ai décidé de vous aimer quelles qu'en soient les conséquences. Je suis peut-être folle mais je tiens plus à cette folie qu'à toutes les pensées raisonnables qui m'éloigneraient de vous. M'avez-vous oubliée? M'aimez-vous toujours? Je vous attends.

Votre Marie.

Philippe relut la lettre. Il en retira une impression forte, une douceur enivrante, comme si, au milieu de tant de deuils et de privations, égaré dans la nuit glacée, la vie lui rendait la seule justice qu'il attendait.

19

Henri tomba gravement malade. Sa blessure à l'épaule se cicatrisait peu à peu et il commençait à mouvoir son bras droit sans trop souffrir, lorsqu'un soir, après une longue marche dans Paris, une averse le surprit. Il revint trempé rue du Petit-Vaugirard. Il se coucha fiévreux et courbatu. Dans la nuit la fièvre monta et une mauvaise toux le secoua. On prévint le médecin qui tenta de faire baisser la fièvre en lui administrant du vin de quinquina. En vain. La toux empira, les bronches furent bientôt prises. Les potions se révélèrent inopérantes. Ce ne fut qu'au soir du huitième jour qu'Henri sentit un léger mieux. Pâle, amaigri, il tenta de se lever : ses jambes le supportaient à peine. Il se recoucha. Pendant les quelques jours que dura sa convalescence, il se mit à regarder Julie avec des yeux nouveaux. Il ne lui était plus aussi hostile. Il acceptait sans répugnance qu'elle lui prît la main ou caressât ses cheveux.

Un soir, Julie s'attarda dans la chambre d'Henri. Elle s'assit sur son lit et posa la main sur son front. Au lieu de la retirer, elle la fit glisser vers sa nuque qu'elle caressa. Henri frissonna. Il se laissa glisser, emporté par un courant irrésistible. Elle posa ses lèvres sur les siennes. Il voulut résister mais dès que la bouche de Julie s'ouvrit, il connut un plaisir si fort, si sauvage, qu'il s'y abandonna. Cette bouche, il la retrouvait aussi active et brûlante qu'autrefois. L'excès du plaisir qu'il prenait à ce baiser l'effraya. Sa peur disparut et laissa place à l'engourdissement. Une certitude s'imposa à lui : il était incapable de se passer d'elle. Il renonça à mobiliser la moindre force pour se dégager.

Elle se déshabilla et apparut nue devant lui. La vue de son sexe, de ses seins, le cingla : il ferma les yeux. Il les rouvrit et observa ses appas, fasciné, le souffle coupé. Des larmes lui montèrent aux yeux. Il la serra contre lui. Avant de sombrer dans ses bras, ses résolutions lui revinrent. Elles lui parurent ridicules. Que lui importaient les dangers qu'il courait? Il était prêt à mourir pour cet instant. Aucun raisonnement ne pouvait plus le convaincre. Il ne s'appartenait plus. Une autre volonté, plus ardente, plus forte, s'était substituée à la sienne. Il lui obéissait aveuglément.

Soudain son existence lui apparut tendue dans un effort dérisoire pour échapper à sa seule raison de vivre, à l'étreinte avec ce corps. Il n'était né que pour subir son joug, que pour se donner à sa frénésie. Quand il pénétra en elle, il éprouva un plaisir violent en même temps qu'une émotion triste où entrait de la pitié pour sa faiblesse. Il savait qu'il s'enchaînait, que tôt ou tard il recommencerait à souffrir. Il tremblait de bonheur et d'exaltation. Il l'embrassait, la caressait, se perdait en elle. Et dans l'instant où il lui sembla atteindre le but ultime de sa course vers le plaisir, une sensation d'effroi le saisit, comme si la possession de ce corps aimé reculait à l'infini et qu'il était rejeté dans un monde vide, à la fois obscur et lumineux, semblable à la voûte étoilée.

20

Bientôt dans les bois de sapins, entre les plaques de neige fondue, apparurent des nuées de jonquilles. Puis on entendit le chant de l'alouette et celui du coucou. La brise soufflait une haleine tiède et parfumée. Les chemins glacés devenaient des bourbiers. Les forêts ruisselaient, gazouillaient, pépiaient. C'était le faux printemps. D'autres gels, d'autres brumes, d'autres chutes de neige attendaient encore les soldats. Cette promesse de beau temps redonnait du courage. On l'accueillait avec des acclamations. L'armée, durement éprouvée à Eylau, après avoir pris ses quartiers d'hiver à Osterode, se remit à espérer. On reprit l'offensive vers le nord-ouest. Dantzig était assiégé par Lefebvre. L'Empereur avait installé son grand quartier général à Finkenstein.

Dans la ville d'Elbing où se refaisait la cavalerie, Philippe put réparer ses forces dans la vie monotone d'un cantonnement. Il logeait chez un riche apothicaire qui le traitait bien. Sa femme, une grosse Prussienne au nez rouge passionnée de whist, le traquait pour l'enchaîner à sa table de jeu. Ce mois d'avril montrait un temps incertain : tantôt on avait des journées plus chaudes et ensoleillées qu'en juin, tantôt on se réveillait sous un froid sibérien. La verdure tardait à venir. Hors ses heures de service, Philippe chassait le canard ou les oies sauvages dans les lacs des environs. Mais ces activités ne l'occupaient guère. Toute la journée, il ne pensait qu'à Marie. Après les tensions de la guerre, les rudes étapes à cheval sous la neige et le vent, le retour à la vie inactive le rendait tout entier à elle. Il lui écrivait presque chaque jour. La pensée de la revoir le hantait. Dès que son service le permit, il demanda un congé pour la rejoindre à Varsovie. Dans une lettre, il lui annonça sa venue prochaine et il s'organisa de manière à partir aussitôt que son congé serait accepté et qu'il aurait reçu la réponse de Marie.

Il s'apprêtait à passer quelques jours dans l'attente fébrile du courrier de Varsovie, enivré par les promesses de bonheur qui l'attendaient, lorsque Murat, repris par une ancienne lubie, décida que ses aides de camp devraient désormais porter sa livrée de fantaisie. Ce caprice vexatoire lui aliéna la moitié de ses officiers. Philippe refusa tout net. On lui demanda sa démission. Menacé de devoir regagner son régiment sur-le-champ, il résolut, ses plans bouleversés, de se rendre à Varsovie sans autorisation. Quand la lettre de Marie arriva avec plusieurs jours de retard, il l'ouvrit avec précipitation, certain de trouver là ce réconfort et ces effusions de l'amour partagé qui dédommagent des blessures de l'adversité. Les premiers mots le glacèrent :

Mon ami, je vous supplie de ne pas venir. Nous avons été fous l'un et l'autre. Je suis plus coupable que vous. Je vous ai laissé entrevoir un bonheur que je ne puis vous donner sans condamner au déshonneur l'homme à qui j'ai juré fidélité. J'ai honte de moi. Je me suis conduite comme une enfant. Dieu sait que je vous aime, mais j'ai réfléchi : quel avenir peut-il y avoir pour nous ? Je n'ai ni le courage ni la force de briser des liens sacrés. Je vous demande de me comprendre sinon de me pardonner. Ne m'abandonnez pas.

Marie.

21

La passion de Philippe pour une Polonaise était connue à Paris. On en colportait un écho déformé. Malgré les précautions de Philippe, les officiers de son entourage, attentifs à ses faits et gestes, avaient deviné sa liaison. Dans l'oisiveté cancanière des cantonnements, ils avaient bâti un roman qui confondait deux époques distinctes. A cette belle Polonaise inconnue, ils prêtaient les traits et le comportement de la baronne Dachstein que Philippe avait connue à Vienne l'année précédente. Cette nouvelle parvint aux oreilles de Julie qui l'accueillit sans plaisir. Le caractère volage de son beau-frère l'amusait, l'annonce de sa grande passion l'irrita d'autant plus qu'elle-même n'avait retrouvé, alors, qu'une apparence de vie conjugale.

Pour quelle raison décida-t-elle d'en avertir Lucie de Lussay? Désœuvrement, agacement, désir de toucher Lucie au point sensible ou secret espoir de ruiner un amour que la distance et l'exotisme rehaussaient de couleurs magiques? Peut-être seulement l'espoir de soulager son dépit par la souffrance qu'elle allait provoquer chez son amie?

Elle reçut Lucie dans sa chambre, rue du Petit-Vaugirard, et alla droit au but.

« J'ai promis de tout te dire au sujet de Philippe, dois-je aussi te révéler ce qui risque de te faire de la peine? »

Lucie la regarda avec des yeux douloureux. Elle attendait depuis si longtemps cette occasion de parler de Philippe avec son amie. Ne recevant plus de lettres de lui, elle était en proie à de terribles incertitudes.

« Dis-moi tout ce que tu sais, je t'en supplie, demanda-t-elle avec cette curiosité avide des amoureuses qui imaginent, en souffrant pour une cause réelle, échapper aux tourments de leurs souffrances imaginaires.

– Tu ne le regretteras pas?

– Non, non, je te le jure!

– Il est tombé amoureux d'une Polonaise. Il est décidé à l'épouser. »

Lucie pâlit, ses lèvres tremblèrent. Elle ferma les yeux. Elle les rouvrit et une lueur de détermination apparut dans son regard.

« Qui est-ce?

– Je ne sais pas. »

Lucie esquissa une manière de sourire qui se crispa et dégénéra en sanglots.

« Mon Dieu... Je comprends maintenant... Mais pourquoi ne m'a-t-il rien dit? » fit-elle en hoquetant.

Julie la saisit avec affection par l'épaule.

« Il ne sert à rien de se désespérer, tu dois te battre pour le reconquérir. » A cet instant elle partageait sincèrement l'affliction de son amie.

Lucie leva vers elle des yeux pleins de stupeur et d'indignation.

« Me battre! Mais comment puis-je me battre s'il ne m'aime plus? » Et les sanglots l'étouffèrent.

Après s'être abandonnée quelques instants à sa tristesse, Lucie se reprit et essuya ses larmes.

« Merci de m'avoir prévenue. C'est mieux ainsi.

– Que vas-tu faire? demanda Julie.

– Je ne sais pas. Je ne sais plus rien. »

22

Dès l'apparition des beaux jours, Henri et Julie cherchèrent une maison à la campagne. Leur amour leur semblait à l'étroit à Paris. Ils aspiraient à plus d'espace, à plus de solitude pour jouir dans une totale liberté du bonheur de leurs retrouvailles. Paris leur rappelait des souvenirs pénibles. Ils s'y sentaient épiés. A la nouvelle vie qui s'ouvrait devant eux, ils voulaient donner un cadre neuf, sans attache avec leur passé. Une tante de Mme Dupin de Mareuil leur prêta sa propriété en Bourgogne.

Le château de Prunoy dont ils n'occupaient qu'une aile s'élevait au milieu des bois. C'était une belle demeure dans le style Mansard. Abandonnée aux courants d'air pendant la Révolution, elle manquait de commodités. Henri et Julie souhaitaient la solitude, ils la trouvèrent au-delà de leurs espérances. Hormis des vestiges de domesticité et un jardinier qui résidaient dans les communs, personne ne risquait de troubler leur tête-à-tête. Les bois livrés aux broussailles n'étaient hantés que par les biches et les chevreuils.

Henri aimait Julie comme autrefois, à sa manière possessive, anxieuse. Il fallait qu'elle soit sans cesse près de lui. Dès qu'elle s'éloignait, fût-ce pour une promenade ou pour s'occuper de leur fils, un sentiment de tristesse et d'abandon l'étreignait. D'instinct, il la surveillait, la suivait. Il avait beau se sentir pleinement heureux, il vivait sous une menace diffuse. Sans motif de l'être, il était jaloux; jaloux de ses pensées, de ses rêves même. Les plaisirs qu'il avait retrouvés avec elle étaient si forts qu'il ne pouvait se défendre d'appréhender l'avenir. L'aimerait-elle toujours ainsi?

Pourtant jamais Julie ne s'était autant consacrée à lui. Elle lui donnait les soins qu'exigeait sa blessure, l'aidait à s'habiller, l'accompagnait dans ses promenades sous les frondaisons, à travers les allées encombrées de branchages. A tout instant, elle lui prodiguait le tendre dévouement d'une femme et d'une mère et se complaisait dans cette abnégation, cet oubli de soi, si nouveaux pour elle. Elle trouvait une satisfaction dans son asservissement domestique.

Chaque jour, Henri allait nager dans un étang bordé de joncs qui faisait partie du domaine. Sur la berge, au pied d'un peuplier, Julie l'attendait sous son ombrelle. Dans cette eau aux relents de vase, Henri retrouvait son élément. Il nageait dans les reflets du soleil, jetait un regard de temps à autre vers Julie et après un long moment revenait s'allonger près d'elle, reposant sa tête aux cheveux mouillés sur ses genoux. Ils observaient les évolutions des araignées d'eau, écoutaient le chant des merles, attentifs à la plainte sourde de la nature qui gémissait sous la poussée du printemps. Henri à cet instant connaissait un sentiment de plénitude semblable à celui qu'il avait éprouvé autrefois auprès de sa mère. Mais le bonheur avec sa mère lui avait toujours paru indestructible alors qu'il lui semblait vivre le bonheur près de Julie comme un fragile mirage.

Parfois, à l'abri d'un taillis, il la prenait sur l'herbe. Cet amour dans le grand jour, sous le soleil, lui donnait des sensations sauvages. Dès qu'il relâchait son étreinte, l'angoisse renaissait. Elle ne s'apaisait que le soir lorsqu'il la reprenait dans ses bras. Épuisé, rassuré, il se mettait à la fenêtre de leur chambre, se laissant caresser par le souffle tiède de la nuit. Quand des biches ou des chevreuils traversaient la pelouse pour boire dans le grand bassin, il appelait Julie, et ensemble, serrés l'un contre l'autre, silencieux, ils regardaient les animaux éclairés par la pleine lune.

23

Le beau temps régnait en Pologne. La campagne devenait superbe. Les champs de blé et de seigle frémissaient sous le vent chaud. Philippe avait retrouvé le commandement de son escadron. Les empoignades de plus en plus violentes avec les Russes ne parvenaient pas à l'arracher à la tristesse qui l'accablait dès que l'action se ralentissait. Les échecs s'accumulaient dans sa vie. Que restait-il de tous les rêves qu'il avait caressés? Il était déçu dans son amour et dans son ambition. Sa mésentente avec Murat risquait de lui nuire longtemps. Mais c'était le refus de Marie de le recevoir à Varsovie qui le blessait le plus profondément. Il ne se remettait pas de sa déception. Pour une fois où il se sentait prêt à se donner tout entier à un amour, à tout lui sacrifier, il n'en retirait que des déconvenues. Il avait le sentiment d'avoir été joué et de s'être laissé aller aux extravagances d'une passion dont il se retrouvait seul à accepter les conséquences. Il en voulait à Marie de ne pas avoir tenu sa promesse. En redevenant une femme raisonnable, elle avait ôté sans le savoir à leur amour sa principale source de magie : cette délicieuse illusion que tout était possible. Même s'il continuait à l'aimer, il ne pouvait lui pardonner de l'avoir ramené sur terre. Et la lettre pleine de repentir et de tendresse qu'il avait reçue d'elle quelques jours plus tard n'était pas parvenue à effacer cette impression désolante.

> *Oubliez ce que je vous ai écrit. Il m'est impossible de renoncer à vous. Je suis déchirée. Je ne peux vivre sans vous et je ne trouve pas la force d'affronter ceux qui me séparent de vous. Je deviens folle. Si vous m'aimez encore, je vous supplie de prendre patience. Gardez-moi votre cœur, le mien est tout à vous.*
>
> *Marie.*

A Marienbourg, dans une auberge, Philippe trouva un paquet de journaux de Paris. Il les feuilleta avec avidité. Un entrefilet dans la rubrique mondaine le stupéfia : on annonçait les fiançailles de Lucie de Lussay avec un certain Étienne Chavagnac. Il ressentit une émotion violente comme si on le dépossédait au grand jour d'un bien inaliénable. La panique le saisit à l'idée de la fortune qui allait lui échapper. Pour la première fois depuis des mois, l'image de Lucie lui apparut avec tendresse. Il mesura l'étendue de ses torts : il n'avait répondu à aucune de ses lettres depuis Varsovie, pire, il les lisait avec une indifférence, un ennui même qui lui semblaient aujourd'hui monstrueux. Pourquoi avait-il découragé un amour si loyal? Toutes les qualités de Lucie lui revenaient en mémoire, rehaussées par l'éclairage bienveillant de sa fortune. A cet instant, il lui paraissait évident qu'elle était la femme de sa vie. Mais pourquoi ne s'en rendait-il compte que lorsqu'il était trop tard? Quel désordre régnait dans son existence. Il avait sacrifié son bonheur, son avenir auprès d'une femme qui l'aimait à une illusion. Marie ne lui appartiendrait jamais. Même si elle finissait par se donner à lui, elle ne quitterait pas son mari.

Ce nouvel abandon l'accablait. Il ne pouvait en rendre personne responsable. Il n'avait été trahi que par lui-même, par la sotte ivresse de la vanité qui lui avait fait croire que parce qu'une femme l'aimait elle l'aimerait toujours.

Quatrième partie

LES AMANTS DE L'ABSOLU

1

Une nuit de juin où la canicule et la pleine lune agaçaient les nerfs, Julie se refusa à Henri. Irrité, il dormit mal; son sommeil fut agité, parcouru d'angoisses et hanté par des cauchemars dont il ne conserva pas le souvenir mais qui le laissèrent exténué. Lorsqu'il s'éveilla, ne trouvant pas Julie à son côté, il eut un instant de panique. Elle s'était levée pour s'occuper de son fils. Son irritation de la veille resurgit en même temps qu'un violent sentiment d'abandon. Il était accablé, insatisfait, comme si pendant toute la nuit son esprit s'était livré à un travail dont le fruit ne parvenait pas à se faire jour. Il demeura dans son lit, hébété, le regard fixé vers la fenêtre qui découpait un morceau de ciel bleu. Ses membres étaient endoloris; une douleur pesait sur ses tempes.

La matinée était belle; le soleil déjà chaud. Aucun souffle de vent n'agitait la cime des arbres. Les oiseaux piaillaient. La pelouse baignait dans une légère brume de chaleur. Le château ressemblait à un grand vaisseau immobilisé dans une mer de verdure. On sentait l'odeur forte du foin coupé. Ces promesses d'une belle journée, hier encore, auraient réjoui Henri. Aujourd'hui elles le blessaient. Toute la matinée, il traîna sans même avoir le courage de pousser jusqu'à l'étang pour se baigner.

Il rejoignit Julie dans le jardin, le visage renfrogné. Elle lisait et, parfois, avec une expression de douce satisfaction, fermait les yeux devant le soleil. Cette quiétude révolta Henri. Pourquoi ne souffrait-elle pas? Pourquoi avait-elle l'air si heureuse? Ne sachant comment la blesser, il lui adressa des reproches sur l'éducation de leur fils et la nonchalance avec laquelle elle s'occupait de ses études. Elle lui répondit avec un calme et une pertinence qui le laissèrent coi. Il la fixa, soupçonneux.

« Tu n'as rien à me dire? »

Julie le regarda avec des yeux étonnés.

« Non, rien de particulier, pourquoi? »

Il scruta son visage, essayant de déceler les marques d'un trouble ou d'une agitation.

« Tu es bien sûre que tu n'as rien à me dire? répéta-t-il d'une voix blanche et menaçante.

– Non. Qu'est-ce que tu as, tu es malade? »

Henri haussa les épaules et marcha vers le bois. Dès qu'il atteignit les arbres et les taillis, il s'assit dans l'herbe de manière à observer Julie sans être vu. Oppressé, il respirait avec difficulté. Une menace diffuse l'enveloppait. L'impression folle qu'un homme allait rejoindre Julie le harcelait. Il lui semblait qu'il s'approchait et que dans un instant il allait les surprendre. Sinon pourquoi souffrait-il? Il vit Julie se lever, poser son livre et regagner la maison. Il était haletant. Quelqu'un allait apparaître... Il allait savoir... Il attendait cette venue mystérieuse avec avidité comme le seul remède à sa souffrance. Bientôt Julie, tenant son fils par la main, sortit dans la cour d'honneur et se dirigea vers le village.

Il abandonna son poste et revint vers la maison. Il monta au premier étage pour mieux l'observer. Quand il arriva essoufflé à la fenêtre, il entrevit un court instant sa robe blanche avant qu'elle ne disparût, cachée par les premières maisons du village.

Il se frappa le front contre la vitre, qu'il faillit briser. L'impuissance exacerbait ses nerfs. Soudain il songea : le secrétaire! Il se précipita dans le corridor vers une pièce attenante à leur chambre où Julie entreposait des malles, rangeait ses vêtements et écrivait des lettres. Cet endroit lui avait toujours paru suspect. Julie y demeurait seule de longues heures. Quand il ne la trouvait pas dans la maison ou dans le jardin, il pouvait être certain qu'elle s'y tenait enfermée. Il ouvrit la porte avec répulsion. Le petit bonheur-du-jour en acajou lui apparut hostile, comme un ennemi personnel. Il ouvrit un à un tous ses tiroirs et se livra à une furieuse inspection. Il s'empara d'un paquet de lettres qu'il passa au crible : celles dont il connaissait l'écriture ne l'intéressaient pas. Enfin il découvrit une suscription mystérieuse. Plein d'une satisfaction mauvaise, il ouvrit l'enveloppe avec fébrilité. Ce n'était qu'un fournisseur! Le bonheur-du-jour ne révéla aucun secret. Henri se rabattit sur les malles. A mesure qu'il fouillait dans les vêtements doux, soyeux, imprégnés de parfum et qu'il pénétrait dans l'univers intime de sa femme, l'écœurement le prenait. Cette lingerie si fine, ces soies si délicates, ces colifichets exprimaient la lubricité, un goût immodéré de la séduction. Il lui semblait être parvenu au cœur de cette frivolité profonde qu'il pressentait et haïssait chez sa femme. Que signifiait cette accumulation de robes, de lingeries sinon le désir de plaire, de séduire et d'attirer d'autres hommes?

La certitude que Julie le trompait s'imposait à lui avec violence. Son impuissance à en apporter la moindre preuve l'accablait. Tout lui criait qu'elle le trompait mais il avait beau faire appel à toutes les ressources de son imagination, fouiller dans tous les recoins de sa mémoire, il était incapable de désigner un seul homme dans la solitude de Prunoy avec lequel Julie pût raisonnablement entretenir des relations. Et ailleurs? Mais on lui écrivait – et où donc étaient les lettres? Il resta un long moment à souffrir, déchiré par les incertitudes. Soudain, à l'idée que Julie pouvait rentrer et le surprendre dans cette position humiliante, il se ressaisit. Il quitta la pièce à regret comme s'il était passé tout près de la vérité sans être capable de la saisir.

2

La date de son mariage avec Lucie de Lussay fixée au mois de novembre – un délai décent s'imposait après la rupture des fiançailles de Lucie avec Étienne Chavagnac –, Philippe éprouva un délicieux soulagement. Il baignait dans l'euphorie et se félicitait chaque jour de sa décision. Sa vie ressemblait maintenant à une grande avenue lumineuse et ensoleillée comme le bel été de Paris. Il se mariait, il aurait une femme, des enfants, des responsabilités, tous ces apanages de la famille qui sont autant d'ancrages solides et évitent les lamentables errements d'une existence de célibataire prolongé. Il se sentait meilleur, pondéré, devenu enfin adulte. Il était fier d'avoir vaincu ses hésitations, fier d'abdiquer un égoïsme qui ne pouvait conduire qu'au dessèchement, fier des devoirs que sa nouvelle situation allait lui imposer et qui, à distance, lui semblaient divertissants et agréables comme un nouveau jeu. Il inversait sans même s'en apercevoir tous les arguments qu'il s'était donnés contre le mariage en général et le sien en particulier. Au fond le mariage devait avoir du bon puisque tout le monde y succombait. Après la rude existence des bivouacs, les courses à cheval sous la neige et les intempéries, quel délice d'être pris en main, dorloté, cajolé. Bref il se montait la tête et se figurait les agréments de la vie de famille avec l'enthousiasme qui était le sien, il n'y a pas si longtemps, lorsqu'il envisageait son avenir de célibataire.

Lucie serait une épouse parfaite. Le choix qu'il avait tant hésité à faire lui semblait maintenant l'évidence même. Il aurait une femme douce, aimante, réservée et riche. En le quittant, elle avait acquis un nouveau prestige à ses yeux, qu'elle avait conservé en lui revenant. Il lui était reconnaissant de cet amour aveugle qu'elle lui vouait malgré ses incartades et ses torts. Il s'étonnait de lui trouver plus de séduction qu'autrefois. Lucie en effet se transformait. Son pouvoir sur Philippe lui donnait de l'assurance. Physiquement, le bonheur l'illuminait. Elle aimait, elle était aimée, elle se mariait : ses vœux étaient comblés.

La fortune de Lucie facilitait bien des choses ; ils ne formeraient pas un de ces petits ménages mesquins guettés par l'indigence, bornés dans leurs désirs, contraints dans leurs aspirations. Ils vivraient au large, dans cet espace luxueux que donne l'argent. Déjà Philippe y gambadait. Il caressait une existence d'hôtels particuliers, de réceptions, de vie à grandes guides. Il voyait la belle paire de chevaux bais qu'il achèterait pour leur tilbury. Il faudrait songer aussi à une maison de campagne... Lui qui n'avait jamais vécu avec une femme se préparait à cette nouvelle expérience comme s'il s'agissait d'une aventure. Il éprouvait un peu de cette excitation du dépaysement qu'il connaissait quand il était sur le pied de guerre, à la veille d'une campagne.

Il marchait vers la rue du Bac. Jamais il ne s'était senti aussi léger. L'air était doux et parfumé. Les rues, pimpantes et animées sous le soleil. Existe-t-il une époque plus merveilleuse que celle qui précède un mariage? Surtout quand on continue à jouir de toutes les libertés possibles. Philippe comptait bien profiter des mois qui lui restaient pour mettre de l'ordre dans sa vie. Ce n'était pas forcément une besogne désagréable. Il lui faudrait dire adieu à ses petites actrices, à Mlle Adrienne Rousselois. Ah ces adieux touchants aux maîtresses qu'on immole sur l'autel de la fidélité conjugale! On se prodigue les dernières caresses; on a des larmes aux yeux et le feu au corps. Quel pincement ces *dernières fois* pleines de fièvre et de tristesse! On rend hommage à des appas que l'on ne serrera plus que dans les bras du souvenir. Et Philippe se donnait d'autant plus volontiers quartier libre pour ces adieux qu'il se voyait bien décidé à être dans l'avenir un mari fidèle et irréprochable.

Restait à prévenir Marie. Philippe y répugnait. Il se donnait une foule de raisons pour justifier son atermoiement. Au fond de lui-même il appréhendait la fin d'une liaison qui n'avait jamais existé qu'en rêves, en espoirs et en billets brûlants. Il savait que l'annonce de son mariage allait tarir d'une manière inexorable le cours régulier des lettres qui lui parvenaient chaque semaine. Il lui répondait sans se dissimuler qu'il entretenait un amour sans espoir devenu peu à peu une habitude. Il regrettait seulement de ne pas l'avoir possédée. Il sentit son désir pour elle se rallumer et cela l'agaça.

Rue du Bac, il pénétra dans la cour et s'engageait dans l'escalier lorsque la portière l'appela. Il revint sur ses pas. La grosse portière aux yeux rouges et larmoyants lui tendit une lettre. Elle venait de Pologne. Il la décacheta et la lisait distraitement en gravissant l'escalier lorsqu'une phrase le cingla : Marie annonçait son arrivée à Paris.

3

A Sarlat, Tony rongeait son frein. Ses vieux démons se réveillaient après une période d'assagissement qui lui avait été bénéfique. Les excellentes relations nouées avec le préfet, les victoires et la paix qui rendaient le pouvoir plus confiant et enclin à la mansuétude, les interventions de son protecteur, le baron O'Harty, auprès du ministre de la Police, tout cela avait joué en sa faveur et contribué à lever la mesure administrative qui le frappait. Son ami le général Lasalle ne restait pas inactif : il harcelait l'état-major et ne désespérait pas d'obtenir sa réintégration dans un régiment à la première occasion. Tony trouvait le temps long. Il avait suffisamment joui de la vie agréable qu'il s'était ménagée entre ses leçons de chant, la chasse et les maigres ressources mondaines qu'offraient la ville et ses environs. L'existence provinciale lui pesait. Après les fièvres et les aventures de la guerre, il avait l'impression d'être relégué aux Invalides. La paix barrait la route à ses ambitions politiques. Son amour pour Julie resurgissait aussi violent et tourmenté qu'autrefois.

La levée de son assignation à résidence intervenait à temps : Tony était décidé à se rendre à Paris coûte que coûte pour voir Julie. Il espérait que le temps avait œuvré en sa faveur. Qu'elle l'aimât ou non, il ne pouvait agir autrement. Tous les efforts pour l'oublier se révélaient vains : il ne pouvait se passer d'elle. Au pire, les souffrances et les humiliations qu'elle lui infligerait lui paraissaient douces en comparaison de la torture qu'il éprouvait à être tenu éloigné d'elle. Le baron O'Harty voyait avec inquiétude le réveil d'une passion qu'il croyait assoupie. Il avait d'abord essayé de détourner son protégé d'un amour néfaste. Dans le cœur ardent de Tony ses arguments n'avaient pas eu plus d'effet qu'une brindille dans un brasier. Il s'était finalement résolu à l'aider, certain que Tony s'engageait dans une impasse, qu'il allait être malheureux et aurait encore plus besoin de son soutien.

C'est chez lui, dans le faubourg Saint-Antoine où il s'était luxueusement installé, que Tony débarqua, venant de Sarlat. Il avait pris la diligence sans avertir personne – seule sa sœur était dans la confidence. Deux jours lui suffirent pour mener son enquête rue du Petit-Vaugirard. Il apprit par la portière où se trouvait Julie. Sans attendre, il loua un cheval et partit pour la Bourgogne. Il parcourut les quinze lieues dans la journée, en plein soleil, sous la canicule. Il arriva à la nuit à Joigny, harassé. Le soleil et la poussière lui brûlaient les yeux. Il consacra la journée du lendemain à se reposer dans la chambre de son auberge, qui donnait sur l'Yonne, et à chercher un nouveau cheval : le sien, fourbu, boitait.

Au petit matin, il partit pour Prunoy dont il n'était séparé que de trois lieues. La route serpentait au milieu des coteaux et des prairies. Les paysans fauchaient le blé. Une multitude d'étangs brillaient sous le soleil. Les bosquets apportaient leur ombre rafraîchissante. Au fur et à mesure qu'il approchait du but, Tony se sentait moins sûr de lui, inquiet. Il ralentit l'allure de son cheval et marcha au pas. Il n'était plus si pressé. Sa belle assurance s'évanouissait. Il n'en menait pas large. Comment Julie allait-elle l'accueillir?

Il traversa le village qui sentait le fumier chaud et passa devant les grilles du château. Son cœur battait. Il espérait voir Julie surgir et le craignait à la fois. Après avoir inspecté les environs, il revint au village et s'arrêta à l'auberge, sur la place de l'église. Des paysans et des marchands étaient attablés dans la salle commune. On parlait fort dans la pièce animée et bruyante. Tony feignit d'être en quête d'une maison à acheter et lia conversation avec la tenancière. Son bagout fit merveille. Il fut vite renseigné sur les habitants du château et sur leurs habitudes. Il n'apprit rien qu'il ne sût déjà, mais parler de Julie lui était doux. Plus on l'évoquait, plus elle lui semblait lointaine et étrangère. Il en arrivait à douter de l'avoir tenue dans ses bras. Son courage l'abandonnait.

C'était précisément le jour où Julie, sous l'œil soupçonneux d'Henri qui la surveillait du château, se promenait dans le village accompagnée de son fils. Elle déboucha sur la place à quelques mètres de l'auberge. Tony l'aperçut par la fenêtre. Cette apparition le bouleversa. Il faillit se précipiter vers elle : la présence de son fils l'arrêta et aussi la crainte de voir ses rêves s'effondrer tròp vite. Il la regarda passer avec amour. Comme elle lui paraissait belle dans sa robe blanche, sous son ombrelle. Elle était immatérielle et féerique. Tony demeura un long moment le regard perdu dans sa direction. Ce ne fut que longtemps après qu'elle eut disparu qu'il se mit à regretter l'occasion manquée. Cela lui fit mal, comme une morsure.

4

Marie arriva dans la splendeur lumineuse de juillet. Ce Paris dont elle avait follement rêvé était à ses pieds. Tout concourait à le lui faire aimer davantage : ce qu'elle voyait ; ce qu'elle imaginait ; ce qu'elle se cachait à elle-même et qui l'y avait conduite. Elle descendit place Louis-XV dans un bel appartement, situé au premier étage d'un bâtiment appelé le Garde-Meuble, que lui avait réservé sa tante Lanckoronska. Dès les premiers instants, voyant de sa fenêtre tomber sur la place le soir tiède qui recouvrait les teintes roses du couchant, elle s'émerveilla. Les rues animées, les badauds, les monuments l'enchantaient. L'air qu'elle respirait lui paraissait à la fois plus vif et plus langoureux. Un programme chargé de visites lui avait été préparé par une autre de ses tantes, la comtesse Mniszech, cousine germaine de sa mère, qui se sentait des droits sur elle – les deux tantes se livraient à une redoutable concurrence pour la chaperonner. C'est chez cette dernière, femme très bonne, très laide, très peu intelligente, infatuée de son rang, qu'elle rencontra le premier jour à dîner l'une des notabilités de la vie parisienne, l'abbé Morellet : l'*ennemi* de Voltaire, le rescapé de la Lanterne, n'était plus qu'une gloire rabougrie qui, après s'être goinfré comme quatre et avoir émis quelques propos fielleux, s'endormit en ronflant dans une bergère. Il fallut à Marie tout son enthousiasme parisien pour trouver à ce vieux débris le charme fané d'un folklore d'autrefois.

Elle fut reçue chez la spirituelle et diaphane vicomtesse de Laval, un peu gênante dans son ostentation de pauvreté, qui offrait du pot-au-feu avec tout l'orgueil d'une Montmorency. C'est là qu'elle croisa la tonitruante duchesse de Luynes, vieille beauté négligée, qui parlait avec une voix d'homme, et faisait de l'opposition avec une grossièreté de harengère. Toutes ces figures l'amusèrent. Venant du fond de ses forêts, elle s'était imaginé l'esprit de France plus léger, la société plus raffinée. En fait d'esprit, on en faisait plus qu'on en avait, et parfois du plus lourd et du plus facile. Il n'empêche : elle se plaisait dans cette ville et y respirait d'avance ce parfum grisant qui enveloppe le souvenir d'un grand bonheur.

Au milieu d'une nuée de gamins sales et en haillons, elle visita le passage des Panoramas que l'on venait d'inaugurer. On la conduisit dans l'atelier des peintres à la mode. Elle se promenait, après avoir fait ses emplettes chez Mme Germont, avec un petit chapeau orné de violettes, des brodequins lilas et une robe en gros de Naples de la même couleur.

Ces violettes étaient un talisman. Le matin de son arrivée, elle en avait reçu un bouquet avec un mot de Philippe qui, souffrant, s'excusait de ne pouvoir se présenter chez elle. Ce contretemps l'avait un instant irritée, puis elle s'était reprise : mieux valait ne pas voir Philippe trop tôt. Elle pensait à lui depuis si longtemps et avec trop de ferveur pour ne pas craindre de sa part un mouvement d'abandon trop rapide. Mieux valait avancer par paliers.

5

La venue de Marie à Paris plaça Philippe dans une situation si inextricable que, deux jours avant son arrivée, il tomba malade. La fièvre le prit, il se mit à tousser et à cracher le sang. Condamné à garder la chambre, il eut tout le loisir de réfléchir sur la manière la plus honorable de se tirer d'embarras. Mais aucune issue ne lui apparaissait. Il gagnait du temps sans parvenir à résoudre l'algèbre compliquée de sa vie sentimentale. Il regrettait d'avoir tant tardé à annoncer son mariage à Marie. Une lettre lui eût évité une explication à brûle-pourpoint devant laquelle il se sentait d'avance d'une grande lâcheté. De surcroît, à la pensée qu'elle était si proche, venue exprès pour lui, son désir pour elle s'était rallumé. Il lui semblait bien cruel maintenant de ne pas profiter de ce corps adorable qui s'offrait. Qu'adviendrait-il s'il devenait son amant? Et si Lucie l'apprenait? Il imaginait des scènes, le mariage rompu, le scandale. La perspective de toutes les catastrophes qui s'amoncelaient au-dessus de sa tête augmenta sa fièvre et aggrava ses quintes de toux. Pourquoi diable n'avait-il pas été l'amant de Marie à Varsovie quand il était libre?

Allongé sur son lit devant la fenêtre ouverte qui laissait pénétrer la touffeur de l'été et les odeurs chaudes de la rue, il attendait une amélioration de son état en débattant sans fin sur le parti qu'il devait prendre. Au bout d'une semaine sa santé commença à se rétablir. La fièvre baissa; il ne crachait plus de sang. Les quintes de toux demeuraient.

La veille du jour où il devait rendre visite à Marie, il prit la résolution de tout lui avouer. Cette décision le soulagea d'un grand poids et activa sa guérison. Il avait longuement réfléchi : devenir l'amant de Marie ne pouvait conduire qu'à une impasse; il lui semblait impossible de renoncer à un avenir qu'il s'était peint de couleurs si attrayantes. Lucie avait déjà subi trop d'avanies de sa part. Mieux valait ne pas mettre une nouvelle fois son amour à l'épreuve. Décidément il n'avait pas le courage de renoncer à cette existence luxueuse qu'il caressait depuis quelque temps. Et pour quoi? Pour une étrangère de passage qui se montait la tête, pour un moment de passion qui ne pouvait être qu'éphémère. Force lui était d'admettre qu'il n'aimait plus assez Marie pour accepter le risque qu'elle lui faisait courir.

Résolu, rasséréné, Philippe passa une excellente nuit. Au réveil, la tentation de posséder

Marie revint mais il la chassa. Il passa la matinée à s'occuper de ses affaires, dîna légèrement et fit seller son cheval.

A mesure qu'il avançait rue du Bac et parvenait au quai, des images de Pologne lui revenaient. Il se souvenait du premier soir où il avait vu Marie au palais Tyskiewicz, du jour où il lui avait baisé la main en haut de l'escalier, du ruban rose qu'elle lui avait donné. Et l'enfant malade, l'attente vaine, la trace de ses pas dans la neige. Cette passion qui si fort avait dominé son cœur pendant ces mois de guerre, pourquoi se réduisait-elle aujourd'hui à des pensées mélancoliques?

Soudain ses idées suivirent une autre pente : comment allait-il lui annoncer son mariage?

6

Marie entendit le pas d'un cheval sur la place. Elle se dit : « C'est lui! » et se précipita à la fenêtre. En apercevant Philippe, elle éprouva une telle commotion qu'elle demeura pantelante. Sa torpeur ne cessa que lorsque le marteau retentit contre la porte d'entrée. Elle fit quelques pas dans le salon et s'immobilisa devant un miroir, en proie à une grande agitation. Pâle, méconnaissable, elle tremblait. « Non, se dit-elle, je ne peux le recevoir dans cet état. Je dois me calmer. » La poitrine oppressée, elle avait peine à respirer. Après avoir si longtemps espéré le revoir, cela lui semblait maintenant une épreuve insurmontable. Elle redoutait cette rencontre : elle craignait d'affronter son jugement; et elle-même n'allait-elle pas être déçue? Peut-être était-il plus sage de remettre la visite? Pourtant elle savait que son désir de le voir l'emporterait. Incapable de maîtriser la sarabande de ses pensées, elle gagna sa chambre, se poudra devant sa table de toilette et mit du rouge sur ses pommettes. Elle entendit la porte du salon s'ouvrir et le parquet craquer. Il était là, il l'attendait. Le sentiment de sa présence lui parut si fort, si impudique, qu'il lui sembla percevoir sa respiration.

La main sur la poignée de la porte, près de défaillir, elle hésita encore. Enfin elle se décida. Quand elle fut en sa présence, elle s'étonna de retrouver ses esprits. Elle le reconnut à peine tant son visage était pâle et marqué. Son air fragile et blessé lui inspira de la pitié. Elle sentit s'élever d'elle cette voix de gorge haut perchée qu'elle n'aimait pas et qui jamais n'avait travesti aussi désagréablement ses émotions qu'aujourd'hui.

« Comme vous avez mauvaise mine. Vous avez l'air bien malade. Qu'avez-vous?

– Ce n'est rien. J'ai dû prendre froid », répondit Philippe en riant. Il désigna le soleil qui dorait la pièce. La chaleur était étouffante.

Maintenant qu'elle se tenait devant lui, ses craintes se dissipaient. Il lui semblait qu'ils allaient reprendre une de leurs conversations interrompues à Varsovie. Tant de propos ébauchés avaient mûri loin de lui. L'envie la prenait de refaire avec lui le parcours de ses idées, de lui rendre compte par le menu de ses réflexions. Mais par où commencer? Elle le dévisageait, troublée par sa pâleur, sa maigreur. Ressemblait-il à l'homme qu'elle avait tant de fois imaginé? Peut-être avait-il plus de douceur, plus de retenue aussi. Elle s'étonnait du sentiment de liberté qu'elle ressentait en face de lui, si différent de ce qu'elle éprouvait à Varsovie. Rien ne la gênait à Paris. Pas même de recevoir un homme en tête à tête. Elle avait l'impression d'avoir acquis de nouveaux droits, ceux d'une existence plus franche, plus indépendante. Se sentant observée, elle jouait son rôle de grande dame étrangère que Paris n'impressionnait pas. Faisant une réponse maniérée et aguichante, elle rougit violemment : elle venait de se prendre en flagrant délit de coquetterie. Elle se reprit et continua à parler d'abondance, évoquant avec surexcitation ses visites, ses promenades, toujours avec cette insupportable voix de gorge qui l'agaçait et lui donnait la sensation d'être en représentation mondaine. Cette voix lui semblait ne rien pouvoir exprimer de la sincérité à laquelle elle aspirait. D'ailleurs elle n'exprimait rien : elle dévidait ces banalités avec lesquelles on se protège du silence. Et plus elle parlait et plus il lui semblait que la distance qui la séparait de Philippe s'accroissait. Elle en souffrait. Ce qu'elle avait envie de lui dire était à mille lieues des paroles qu'elle prononçait. Pourquoi ne pas lui avouer que seul l'amour occupait ses pensées? Soudain elle se demanda avec inquiétude : est-ce que je lui plais toujours, m'aime-t-il, va-t-il tenter de me prendre dans ses bras? Elle ne savait plus si elle redoutait ce geste ou si elle craignait qu'il ne le fît pas.

Le cartel sonna quatre heures et les interrompit. Philippe regarda par la fenêtre, le front en sueur.

Un sentiment de déception envahissait Marie. Cette conversation décidément ne la satisfaisait pas. Elle ne réussissait qu'à les rendre plus étrangers l'un à l'autre. Où étaient la passion, la fougue, les élans qu'elle avait si souvent imaginés dans ses rêves? Qui eût pu croire à les entendre qu'ils s'étaient aimés et adressé les protestations de la passion la plus vive? Où était leur folie?

Philippe se leva, l'air gêné. Il lui prit le bras et elle frissonna.

« Marie, je dois vous parler. »

Devant son expression sérieuse, elle éclata d'un rire nerveux.

– « A Varsovie, vous me parliez moins. Peut-être m'aimiez-vous plus? »

Elle vit le visage de Philippe s'approcher du sien, ses mains la saisir. Son corps s'arc-bouta dans un réflexe de défense et de refus. Elle sentit sur ses lèvres une pression, et une chaleur qui se diffusa dans tout son être. Elle ferma les yeux et chavira dans une douce ivresse. Sous l'impulsion de Philippe elle se leva et ils se dirigèrent vers sa chambre. Là, à nouveau, elle s'abandonna. Elle le serrait dans ses bras. Elle murmurait ces mots que tant de fois elle avait prononcés en rêve. Livrée à des forces sur lesquelles sa volonté n'avait plus prise, un courant irrésistible l'emportait hors d'elle-même. Elle ne reprit conscience que lorsqu'elle poussa un cri qui arracha d'elle ses dernières forces et la laissa étourdie, amollie, comme si elle avait craint de dépasser une limite au-delà de laquelle elle eût été incapable de retrouver jamais la raison.

Le soleil commença à décliner. Le serein pénétra dans la chambre, l'emplissant d'ombres et de fraîcheur. Soudain Marie sortit de sa torpeur. Philippe, debout devant elle, s'était rhabillé. Il avait l'air grave et cérémonieux.

« Marie, je dois vous parler. »

Ce qu'elle entendit alors de sa bouche, de toutes les choses affreuses qu'elle avait pu craindre de ce voyage, était la pire, la plus humiliante, la plus désolante. Elle répétait : « Vous allez vous marier... et moi... et moi... » Elle pleurait et il lui semblait que rien ne pourrait jamais arrêter ses larmes. Il partit et elle éprouva un instant de soulagement. Mais quand elle entendit le marteau retomber sur la porte d'entrée qui se fermait, ce fut comme si ce marteau la frappait à même le cœur.

7

A Prunoy, l'été épanouissait ses journées torrides. L'ombre des bois ne recelait plus de fraîcheur; les arbres suffoquaient. Chaque jour, pourtant, la campagne s'animait. Les paysans, la chemise bleue trempée de sueur, fauchaient les blés; des femmes au fichu rouge leur apportaient par les chemins crevassés des boissons rafraîchissantes dans des cruches en grès. Ils se désaltéraient sous le couvert des ormes. L'air chaud était encombré de mouches. Du monde extérieur, Henri ne voyait ni ne sentait rien. Il s'éveillait avec une pensée douloureuse qui ne desserrait pas son étreinte : tout le jour il s'acharnait à résoudre une énigme qui l'isolait de sa famille, des plaisirs de la campagne et des saveurs de l'été. Jamais la vie ne lui avait paru plus stérile. Même les moments qu'il passait à nager dans l'eau trouble et tiède de l'étang ne lui apportaient plus de plaisir; après quelques mouvements de brasse, l'angoisse le reprenait : que manigançait Julie en son absence? Était-elle au village? Écrivait-elle une lettre en cachette? Il regagnait la rive l'esprit affolé, et sans même prendre le temps de se sécher revenait à toute allure à la maison. Il faisait irruption dans la pièce où Julie se trouvait, l'air hagard, désemparé; déçu de n'y trouver qu'une morne scène de la vie domestique, il s'en allait à la recherche d'un poste d'observation d'où il pourrait épier Julie sans en être vu.

Henri avait eu beau fouiller tous les recoins de la maison, il n'avait trouvé aucune lettre suspecte. Cette recherche infructueuse ne l'avait pas rassuré, au contraire. Ne pouvant nourrir sa jalousie d'une preuve ou même d'un indice, craignant d'être le jouet d'une lubie, il se raccrochait au souvenir, lui bien réel, de la trahison de Julie, deux ans auparavant. Il revivait le drame avec une telle souffrance qu'il lui semblait qu'il s'était déroulé la veille. Les images qui le déchiraient n'avaient rien perdu de leur violence. Il revoyait la lettre de Tony qu'il avait découverte; il pouvait s'en réciter de mémoire tous les termes qui exprimaient la passion la plus sensuelle. Il se souvenait du bal à Saumur où, en les voyant danser ensemble, étaient nés ses premiers soupçons. L'air de mâle satisfait et arrogant de Tony... Quelle affreuse satisfaction il avait éprouvée en lisant la lettre: celle de n'être pas fou.

Une idée germa dans son esprit. Il ressentit cette illumination des inventeurs qui voient d'avance les multiples applications de leur découverte. Il se précipita vers la maison. Julie n'y était pas. Il la trouva dans le jardin près du potager où elle coupait des roses. Il lui annonça son départ pour Paris. Il allait s'entretenir avec M. Ducroquet, un personnage important du ministère de la Guerre qui lui avait proposé une place de surnuméraire. Le voyage lui prendrait moins d'une semaine. Il partirait dans trois jours. Henri scrutait le visage de Julie pendant qu'il lui parlait, essayant d'y lire des signes de satisfaction. Elle demeura fermée, distraite. Il lui jeta de biais une regard haineux comme s'il devinait la force de sa dissimulation.

8

Philippe reçut un bouquet de violettes et une lettre de Marie où elle lui exprimait son dépit dans des termes violents. Elle l'accusait de lui avoir joué la plus indigne des comédies et de l'avoir traitée « en fille ». Sa lettre se concluait par des mots blessants où elle lui criait son regret de l'avoir rencontré et son désir de l'oublier au plus vite. Elle lui signifiait qu'elle ne voulait le revoir de sa vie. Le contraste entre le paisible bouquet et la virulence des reproches était pathétique. Cette expression confuse d'une âme déchirée laissa à Philippe une impression pénible. Il savait ses torts, et en même temps il trouvait injuste de devoir les endosser seul. Qui était responsable? Et si c'était la vie?

Autant pour fuir un Paris où il se cognait aux ombres de cet amour gâché que par dégoût subit de la ville dont la canicule réveillait les odeurs basses et croupissantes, Philippe décida de rejoindre Lucie à Avallon, chez son beau-père. Il en profiterait pour faire étape à Prunoy où il pensait surprendre Henri et Julie. Un autre motif le poussait à partir : l'impression qu'une sourde menace pesait sur son mariage. Il craignait que la rumeur de sa liaison avec Marie ne se répandît et ne parvînt jusqu'à Lucie. Le caractère excessif de Marie l'inquiétait : qui sait jusqu'à quelle extrémité l'humiliation pouvait la porter? La précaution de rejoindre Lucie au plus vite lui parut sage. Si son infidélité était connue, il pourrait se justifier et prévenir les effets de l'orage.

La veille de son départ, une nouvelle lettre de Marie, jointe à un petit portrait d'elle, le rassura et Philippe se repentit d'avoir douté de sa droiture : elle regrettait des mots inspirés par un moment d'emportement. Elle lui demandait de lui pardonner une vivacité qui n'était due qu'à sa passion malheureuse. Elle l'assurait qu'elle continuerait de l'aimer toute sa vie et ne lui réclamait que son amitié. Le vers de Legouvé qu'elle avait fait graver sous son portrait montrait une âme apaisée :

On a moins qu'une amante,
on a plus qu'un ami.

Philippe partit à cheval vers la Bourgogne, heureux d'avoir enfin vaincu ses ombres.

9

Tony, plus incertain et irrésolu que jamais, n'osant aborder Julie mais ne trouvant pas non plus la force de renoncer à elle, ne demeura que quelques jours dans les environs de Prunoy. Il revint à Paris chez le baron O'Harty, accablé. Jamais son avenir ne lui avait paru à ce point bouché. Les bureaux du ministère de la Guerre faisaient la sourde oreille à ses demandes de réintégration. Ses amis officiers qui se pavanaient, fiers de leurs nouveaux grades, le fuyaient comme un pestiféré. Il était réduit à la compagnie de pékins qu'il méprisait. Il avait renoncé à approcher Julie à Prunoy. Mieux valait attendre une occasion favorable lors de son retour à Paris. Le baron, pour le distraire de ses idées noires, lui proposa de l'accompagner à Baden. Tony se préparait à partir lorsqu'une mauvaise nouvelle arriva de Sarlat : sa sœur avait été renversée par une voiture en pleine rue. On craignait le pire.

Tony fut bouleversé. Ses rapports avec sa sœur n'avaient jamais été paisibles. Leurs caractères difficiles s'opposaient souvent. Elle lui consacrait trop de sa vie pour ne pas avoir la tentation de le régenter. Mais elle restait la seule personne vivante de sa famille, la seule en qui il eût une confiance absolue. Il n'hésita pas : une heure plus tard, il partit pour Sarlat, à cheval, accompagné de Morel, son domestique.

Il mena son cheval à fond de train jusqu'à Issoudun où il arriva fourbu à la nuit tombée. Au relais, il dut changer de monture. On lui donna une rosse nerveuse qui se dérobait. Il soupa rapidement et but un grand pichet de vin sans échanger un mot avec Morel, ce qui chez ce grand bavard n'était pas bon signe. L'air préoccupé, il se remit en selle. Il sortit d'Issoudun au petit galop pour emprunter la route de Châteauroux. La nuit sans lune était claire. Dès qu'il eut franchi le pont à la sortie de la ville, il éperonna son cheval. La route à cet endroit tournait à angle droit. Des cantonniers qui consolidaient la chaussée avaient laissé un tas de pierres qui déboulait sur la moitié de la route. Ce fut contre cet obstacle que Tony heurta en pleine vitesse. Son cheval ne s'abattit pas, mais aiguillonné par les éperons, il se cabra avec tant de violence que Tony fut projeté de sa selle et retomba dix pieds en arrière. Il poussa un cri : « A moi, Morel ! »

Le domestique descendit de cheval et se porta à son secours. Tony inerte respirait à peine. Morel se mit à crier pour alerter les gens du voisinage. Une carriole s'arrêta. On y transporta le grand corps gémissant de Tony. Les vertèbres cervicales brisées, il expira quelques secondes plus tard tandis que Morel lui tenait la main. Son corps fut transporté dans une auberge où l'officier de santé ne put que constater le décès.

Le baron O'Harty apprit la nouvelle le surlendemain. Le vieil homme éclata en sanglots comme un enfant.

10

Midi sonnait au clocher du village lorsque Philippe arriva à Prunoy. Depuis Joigny, il avait mis son cheval à l'amble. Des traînées de sueur sillonnaient le masque de poussière collé sur son visage rouge, brûlé par le soleil. De la bouche du cheval s'échappaient des flocons d'écume. Il éprouvait la sensation de bien-être qui suit un long effort physique récompensé. Les paysages de la Puisaye aux champs vallonnés, parsemés de bois et d'étangs étaient magnifiques. Ces jeux scintillants du soleil sur les grands miroirs au milieu des blés et des avoines frémissants... Aucun souci ne le troublait plus.

Pour la première fois, sa vie devenait claire, assurée, et il allait trouver son équilibre entre les solides digues du mariage et les grandes échappées aventureuses de la guerre. Avec l'Empereur, c'était bien le diable s'il allait rester longtemps en repos...

Il franchit la grille d'honneur du château et attacha la bride de son cheval à un anneau dans la cour déserte. La maison semblait vide et pourtant habitée. Il mit un bon moment avant de trouver Julie assise dans le jardin, sous une ombrelle, qui faisait la lecture à son fils. Cette vision du bonheur familial lui apparut comme une préfiguration de son propre avenir. Aussitôt qu'elle le vit, Julie poussa une exclamation de surprise. Ils échangèrent quelques paroles sans importance; Philippe demanda machinalement :

– « Henri est là? »

Julie le fixa en plissant les yeux et une lueur vive brilla dans ses prunelles comme si une idée importante lui traversait l'esprit. Puis elle baissa les yeux.

« Non, il est à Paris. »

Philippe frémit. Il vit à nouveau le regard scrutateur de Julie posé sur lui. Un sentiment de malaise l'envahit. N'échapperait-il donc jamais à ses ombres? Qu'étaient ses résolutions en face de telles forces, quelle volonté pouvait leur résister? Il ferma les yeux, craignant de laisser paraître une expression de lâcheté.

Julie poursuivit sur un ton détaché.

« Il ne rentrera que dans deux, peut-être trois jours... »

Et elle chantonna comme si ce qu'elle venait de dire n'avait aucune importance.

L'après-midi passa. Julie confia son fils à une jeune bonne pour se consacrer à son beau-frère. Après une longue promenade dans le jardin au milieu des rosiers en fleur, ils gagnèrent le grand salon. Il y faisait frais. Le silence s'installa. Julie se leva, passa derrière le fauteuil où était assis Philippe et lui caressa la nuque. Elle se pencha et pressa ses lèvres contre les siennes. D'un ton impérieux, elle dit : « Viens! » Philippe se leva et la suivit. Dans le vestibule, elle s'arrêta au milieu de l'escalier par lequel on accédait aux chambres et désigna du regard la longue table basse sur laquelle on posait gants et éperons. Philippe prit une cravache et monta les marches derrière elle, un brouillard rouge dans les yeux.

Le soir, après le souper, ils demeurèrent un long moment dans le salon, silencieux, toutes portes ouvertes sur le jardin. La nuit était tiède, parfumée par le foin et l'odeur du lait. Ils sortirent et se dirigèrent par la grande allée plantée de hêtres jusqu'à l'étang. Philippe tenait Julie par le bras. Ils se parlaient à peine. Ils écoutaient les bruits de la nuit : les hululements des chouettes, les clapotis de l'eau, le coassement des crapauds; parfois, dans un bruissement de feuilles, un petit animal des bois, effrayé, s'enfuyait.

Devant l'étang luisant et mystérieux, Philippe et Julie s'embrassèrent longuement. Dans ce baiser, ils mirent une passion particulière : ils savaient que c'était le dernier.

Philippe, entendant un bruit de branchages piétinés et de feuillage froissé, relâcha son étreinte et prêta l'oreille.

« Ce n'est rien, dit Julie, sans doute un chevreuil... »

11

Il n'y avait pas de chevreuil. Henri, dissimulé par les frondaisons, éprouvait une souffrance si violente qu'elle provoquait en lui une ivresse de destruction. La force du choc l'avait anéanti. Il se grisait de la vision de son malheur qui, si cruelle qu'elle fût, était moins harassante que, si longtemps, le pressentiment vague et obsédant d'être trompé. La trahison de Julie, il ne la chercherait plus dans l'eau qu'il buvait, dans l'air qu'il respirait, elle était ici, enfin devant lui. Son esprit qui avait tant erré les semaines précédentes pouvait arrêter sa course folle. Il lui semblait qu'il assistait, les yeux ouverts, à une horrible opération, à une de ces amputations qu'il avait vues en Allemagne et en Pologne. Sauf que le patient hurlait, et que lui mangeait son cri, ce cri qui l'étouffait. A trente pas de distance, il n'avait aucun doute sur sa vision : Julie embrassait Tony. Ce Tony qui, de si longue date, hantait ses rêves, qu'il s'attendait avec angoisse à retrouver sur son chemin, c'était lui que par erreur il croyait voir.

Henri craignait d'être découvert. Il ne voulait pas souffrir une nouvelle humiliation. Alors peut-être il pourrait tuer. Peu à peu son excitation se calmait : il lui semblait atteindre un territoire au-delà de la souffrance où il maîtrisait enfin ce pouvoir absolu sur soi qui lui avait toujours échappé. Il était fort, armé d'une résolution qui renforçait son sentiment de puissance. Qu'étaient ces pantins mus par des passions bestiales en face de lui, de sa résolution? Savaient-ils même où ils allaient? Lui le savait.

Le couple s'éloigna et, suivant la grande allée de hêtres, disparut dans la nuit. Henri s'écorchant le visage aux ronces et aux branches traversa le bois et retrouva son cheval attaché à un arbre. Il regarda sa montre : elle marquait dix heures. Il voulait atteindre Paris avant l'aube.

12

Le soleil allait se lever. Une clarté rose se reflétait sur les eaux vertes de la Seine. L'air était doux comme le miel. Sur les berges, on ne voyait encore âme qui vive. Les oiseaux s'en donnaient à cœur joie dans les grands ormes. Le pont Royal s'éclaircissait de plus en plus. Au loin vers le pont Louis XV, une barge lourdement chargée remontait le fleuve. Il flottait une odeur douceâtre, un peu écœurante de vase et de bois pourri. Henri fixait la Seine avec cette exaltation que lui procurait toujours la vue de l'eau. Ce désir étrange qui le prenait de s'y jeter sans savoir s'il voulait se retrouver ou se perdre. L'eau était son amie. Que de peines il avait abandonnées dans ses flots, dans ses vases. Aucun souvenir de bonheur ne lui revenait qui ne fût lié à sa présence, à ses clapotis, à ses reflets.

Il observa les alentours : personne! Son excitation s'apaisait. Il ne souffrait plus. Ses membres étaient légèrement endoloris comme après une chute. La gravité de l'instant qu'il vivait occupait tout son esprit. Il lui semblait que son âme s'élevait et prenait la vraie mesure de sa vie. Toutes les souffrances qui l'avaient déchiré lui paraissaient infimes en face du grand acte qu'il allait accomplir.

Henri se débarrassa de sa redingote et descendit en chemise un petit escalier en pierre jusqu'à l'eau. Là il se laissa glisser. Quelques mouvements de brasse le portèrent à l'ombre de l'arche principale. Personne ne pouvait l'apercevoir ni du pont ni du haut des berges. Les premiers rayons du soleil apparaissaient au-dessus des Invalides, dorant la surface de l'eau. Henri joignit les mains, non pour prier, mais pour ne pas avoir la tentation de nager. Il pensa : « Elle va souffrir. » Cette pensée lui fit du bien. Mais déjà il était impatient de découvrir un autre monde au cœur des eaux. Il se laissa couler. Il descendit doucement vers les profondeurs du fleuve. La surface de l'eau lui apparut au-dessus de lui comme un couvercle argenté. Un poids pesait sur sa poitrine. Il éprouva une étrange impression de douceur dont il ne parvenait pas à connaître la cause. Cette impression s'accentua et se fit plus précise. Il hésitait à croire à la réalité de cette révélation. Enfin, au moment ultime, elle s'amplifia au point qu'il ne fit plus qu'un avec elle. Il l'identifia à l'instant même où il perdait conscience : c'était l'âme de sa mère.

13

Philippe quitta tôt Prunoy ce matin-là. Il arriva au château de Saint-Pulgent un peu avant midi, sous un ciel nuageux. A peine avait-il franchi la cour d'honneur que Lucie de Lussay se précipita vers lui. La joie la rendait belle. Philippe mit pied à terre et la serra dans ses bras. Cette vie si bien tracée lui parut soudain fade.

« Comme je suis heureuse, s'exclama Lucie.

– Moi aussi, dit Philippe, nous avons tout pour être heureux. »

Ce pieux mensonge lui apparut comme le premier acte de sa nouvelle existence. Il l'embrassa avec fougue pour se persuader qu'il était réellement heureux, réellement amoureux.

TABLE